Wolke 7 verpasst

Kapitel 1

*

Jenna

Mit vollem Körpereinsatz lehne ich mich an die massive Eichenholztür und versuche, sie mit letzter Kraft aufzudrücken.

„Jetzt mach schon“, flehe ich das unnachgiebige Holz an und meine nackte Schulter drückt noch einmal fest zu bis ein leises Knarren zu hören ist. Dann endlich gibt es nach und ich kann mit meinen vollgepackten Einkaufstaschen durch den winzigen Spalt schlüpfen. Die Tür fällt hinter mir krachend ins Schloss und ich hoffe, Frau Miller nicht aus ihrem alltäglichen Mittagsschlaf gerissen zu haben. Allein die Vorstellung, meine 80-jährige Vermieterin könnte schon hinter ihrer Wohnungstür auf mich warten, versetzt mir einen imaginären, strafenden Klatsch auf die Stirn. Vielleicht kann ich mich ganz vorsichtig an ihrer Wohnung vorbeischleichen, sodass sie mich nicht sieht. Trotz der brennenden Sonne draußen ist es hier im Flur eher dämmrig, da nur etwas Licht durch das kleine Fenster neben dem Eingang fällt.

„Zieh deine Schuhe aus“, sagt die Stimme in meinem Kopf. Gute Idee, doch wie um alles in der Welt soll ich sie tragen? Ich kann sie mir schlecht in meinen Rock schieben, oder etwa doch? Schnell verwerfe ich den Gedanken wieder und versuche, mir eine von der Hitze festgeklebte Haarsträhne aus der Stirn zu wischen. Hier drinnen ist es so angenehm kühl, dass man gar nicht glauben mag, dass es draußen über 30 Grad hat. Sowas ist nur in den klimatisierten Neubauten möglich, die sich ein paar Straßen weiter befinden, oder eben in alten Stadtvillen wie dieser hier.

Als ich das erste Mal vor diesem Altbau stand, war es um mich geschehen. Obwohl an einigen Stellen der Putz abblätterte und es hier und da renovierungsbedürftig erschien, hatte das Haus seinen Charme aus längst vergangener Zeit nicht verloren.

Schon von außen sah es wunderbar aus, und als ich damals zum ersten Mal meine Wohnung mit den hohen Holzdecken und den großen Fenstern betrat, war ich restlos begeistert. Ich muss allerdings zugeben, dass ich eine Schwäche für alte Häuser besitze. Vielleicht ist das auch der Grund, warum ich mich ursprünglich für eine Ausbildung zur Immobilienmaklerin entschieden habe. Oft stelle ich mir vor, wer wohl früher durch diese Räume gegangen ist und welche Familiendramen sich abgespielt haben mögen. Doch nicht nur das hat mich dazu verleitet, diese Wohnung zu nehmen. Auch der Preis war für solch ein Appartement in München einfach ein Traum. Mit dem Ziel, hier neu anzufangen und mit meinem Traumberuf Fuß zu fassen, mietete ich sie.

Nun, fast drei Jahre später, bin ich immer noch sehr glücklich mit meiner Wohnung. Auch, wenn ich mir manchmal wünsche, Frau Miller würde ihr Hörgerät nicht ununterbrochen einschalten. Nicht, dass ich eine Person bin, die gerne Hauspartys oder etwas in der Art veranstaltet - ganz im Gegenteil. Die meiste Zeit bin ich beruflich unterwegs, und wenn ich nicht gerade Hunde betreue oder mein Konto mit Kellnern aufbessere, entspanne ich auf meinem kleinen Sofa und lese ein Buch. Doch die einsame Frau Miller scheint jeden Tag nur auf mein Eintreffen zu warten, um mich mit Tee und Keksen in ihre Wohnung zu locken, worauf ich hin und wieder auch eingehe. Mir ist klar, dass Frau Miller einsam ist, und da keine näheren Familienangehörigen in der Umgebung wohnen, fühle ich mich irgendwie für sie verantwortlich.

Ich halte den Atem an, als ich auf Zehenspitzen an ihrer Wohnungstür vorbei auf die erste Treppenstufe zusteuere. Ein paar vereinzelte Lichtstrahlen fallen durch das obere Fenster neben meiner eigenen Wohnungstür. Kaum, dass ich meinen Fuß abstellen kann, fällt mein Blick auf die Post, die Frau Miller immer fein säuberlich auf die erste Stufe legt. Dort bemerke ich ein cremefarbener, hochglänzender Umschlag mit meinem Namen.

„Dich hole ich nachher", denke ich mir und steige langsam ins Obergeschoss hoch. Doch auf halbem Weg halte ich inne. Außer Rechnungen oder mal einer Postkarte bekomme ich selten Post. Wer also schickt mir einen solchen Brief? Meine Neugierde ist einfach zu groß. Ich stelle eine der braunen Papiertüten mit Lebensmitteln auf der Treppe ab, eile hinunter und schnappe mir den Umschlag. Langsam drehe ich ihn zu allen Seiten und schnuppere an ihm. Der Brief sieht nicht nur edel aus, nein, er riecht auch so. Ein Geruch von Rosenblättern, vermischt mit Veilchen, steigt mir in die Nase. Meine Adresse wurde auf eine Art geschrieben, wie es nur mit diesen Schönschreibfüllern gelingt. Wie ich diese Teile schon in der Schule gehasst habe! Noch bevor ich ein weiteres Mal an dem Papier schnüffele, bohrt sich mein Finger in den kleinen Spalt an der Stelle, an der der Brief verschlossen wird. Wer braucht schon einen Brieföffner, wenn man doch seine Finger hat? Ungeduldig reiße ich den Umschlag auf und sofort überkommt mich beim Anblick der Karte, die ich herausziehe, ein ungutes Gefühl. Langsam drehe ich sie um, sodass ich sie lesen kann. Meine Augen saugen sich an der goldenen Schrift fest.

Wir heiraten

steht auf der Vorderseite der cremefarbenen Karte. Darunter befinden sich zwei ineinandergeschlungene, ebenfalls goldene Herzen. Es gibt genau zwei Personen in meinem Bekanntenkreis, denen ich momentan eine Hochzeit zutraue. Keiner von meinen Freunden ist lange genug oder überhaupt in einer Beziehung, um solch einen Schritt zu wagen. Außer diesen zwei Menschen, die ich, so gut es geht, aus meinem Leben verbannt habe. Plötzlich überkommt mich der dringende Wunsch nach Schokolade. Eine Angewohnheit, die ich seit Kindertagen habe und mit der ich versuche, emotionale Belastungen zu bewältigen. Ohne es zu wollen, klappe ich die Einladungskarte auf, und sogleich springt mir ein Schwarz-Weiß-Bild von genau diesen beiden Personen entgegen. Beim Anblick der zwei strahlenden Gesichter, die Wange an Wange aneinander lehnen, überkommt mich eine unheimliche Wut, die ich jahrelang verdrängt habe. Oder es zumindest versucht habe. Das Foto sieht perfekt aus. Beinahe so, als ob der glitzernde See, die sanft geschwungenen Hügel und die herunterfallenden Blätter im Hintergrund von einer Leinwand stammen würden. Aber ich weiß es besser. Es gibt diesen Ort wirklich. Er entstammt keiner Fantasie, entspricht keinem gekünstelten Hintergrund. Es ist der Platz, an dem ich aufgewachsen bin. Mit dem ich unendlich viele glückliche Erinnerungen verbinde. Eine Kindheit, in der man jeden Tag die unendliche Liebe seiner Eltern zu spüren bekam. Wir waren eine perfekte kleine Familie.

„Zumindest fast perfekt“, flüstere ich und versuche, die Erinnerungen an die Geschehnisse zu verdrängen, die meine rosarote Welt zum Platzen gebracht haben.

Mein Finger streicht leicht über das Bild der beiden Gesichter und die Wunde in meinem Herzen klafft mit jeder Sekunde wieder ein Stückchen weiter auf. War sie gar nie ganz verschlossen?

Wir freuen uns, Euch zu unserer kirchlichen Trauung am 14.08. ....

Der restliche Satz verschwimmt vor meinen Augen. Benommen greife ich nach dem Treppengeländer und stütze mich Halt suchend darauf ab.

„Sie heiraten, die beiden heiraten“, flüstere ich immer wieder vor mich hin und merke gar nicht, wie Frau Millers Tür aufgeht.

„Schätzchen, bist du in Ordnung?“ Frau Miller steht unten im Korridor und sieht mich aus ihren glasigen hellblauen Augen fragend an.

„Hmm ja, danke Frau Miller.“

An ihrem Blick sehe ich, dass sie mir nicht glaubt. Abschätzend lässt sie ihn von meinem Gesicht zu meinen Händen gleiten. Ich drücke die Karte in meiner Hand noch etwas fester zusammen.

„Schlechte Nachrichten?“, will sie wissen und deutet mit dem Kopf auf das zerknitterte Papier in meiner Faust.

„Ach, nicht so wichtig“, versuche ich abzulenken und drehe ihr leicht den Rücken zu, damit sie die aufsteigenden Tränen in meinen Augen nicht bemerkt.

„Schätzchen, für jedes Problem gibt es eine Lösung.“

Frau Miller wartet kurz, dann stellt sie ihre altbekannte Frage: „Ich habe Tee und Kekse. Wollen wir etwas plaudern?“

Als ob man jedes Problem mit Tee und Keksen lösen könnte. Ich würde mir wünschen, dass es so einfach wäre.

„Danke. Vielleicht ein anderes Mal. Mir geht es nicht sonderlich gut“, gebe ich zu und eile dann hoch in meine Wohnung. Hinter mir lasse ich die Tür ins Schloss fallen und lehne meinen Kopf gegen das kühle Holz. Im selben Moment läuft die erste Träne meine Wange hinunter.

„Ich kann es einfach nicht glauben! Warum muss ich über eine Einladungskarte erfahren, dass die beiden heiraten? Bin ich so unwichtig für sie, dass man es mir nicht persönlich sagen kann?“, frage ich mit belegter Stimme in den Telefonhörer.

„Ach Jenna. Wir wissen doch alle, wie schwer das für dich ist. Erst recht, nachdem du …“

„Mum, bitte.“ Mein Finger schnippt ein mit Tränen durchtränktes Taschentuch von meinem kleinen roten Sofa. Langsam lasse ich meinen Kopf auf meine angezogenen Knie sinken. Dabei angle ich mir das letzte Stück von der nun leeren Schokoladentafel.

„Ach Schätzchen. Vanessa hatte einfach unheimliche Angst, es dir zu sagen.“ Die besorgte Stimme meiner

Mutter dringt in mein Ohr und ich kann hören, wie sie in unserem Haus auf und ab geht.

„Was du nicht sagst. Wahrscheinlich ist sie so mit den Hochzeitsvorbereitungen beschäftigt, dass sie mich schlicht und einfach vergessen hat."

Ich bin gerade dabei, das letzte Stück Schokolade herunterzuschlucken, als ich höre, wie meine Mutter sagt: „Vanni würde doch nicht ihre Trauzeugin vergessen …"

„Waaaaaas?!", kreische ich und im selben Moment rutscht die Schokolade hinunter und bleibt mir im Hals stecken. Ich huste und krächze um mein Leben und doch höre ich nur das Wort Trauzeugin.

„Schätzchen, alles in Ordnung bei dir?", quiekt Mama leicht hysterisch ins Telefon.

Der Schokokloß rutscht den restlichen Weg hinunter und ich bekomme wieder besser Luft.

„Hast du gerade Trauzeugin gesagt? Mum, das ist doch ein Scherz?"

„Hat Vanni dich tatsächlich nicht erreicht? Also, ich meine … also, das ist natürlich …", stottert meine Mutter.

„ Bitte sag mir nicht, dass ich ihre Trauzeugin spielen soll!"

„Das ist aber ihr Wunsch."

„Ihr Wunsch?", brülle ich in den Telefonhörer. Trauzeugin? Dabei habe ich doch schon Pläne geschmiedet, wie ich diese Hochzeit umgehen kann. Jetzt soll ich Trauzeugin sein? Unmöglich!

„Ach Jenna, Schätzchen. Du schaffst das. Es liegt doch zig Jahre zurück ..."

„Um genau zu sein 34 Monate."

„Wie dem auch sei. Du bist doch schon längst darüber hinweg. Das mit dir und Marc war doch nichts Festes, ich meine …“

„Gut, wenn du das auch so siehst, dann ist das alles ja gar kein Problem.“ Ich bin nahe dran, einfach die rote Taste zu drücken. Aber das würde meine Mutter natürlich nur noch stärker dazu veranlassen, Vanessa und Marc alles brühwarm zu erzählen.

„So habe ich das doch nicht gemeint“, höre ich sie seufzen, „ihr seid doch erwachsen. Außerdem bist du doch schon längst darüber hinweg. Oder?“

Was soll ich darauf antworten? Sie anlügen und sagen: „Klar Mum, ich habe schon längst vergessen, was passiert ist. Natürlich habe ich vergessen, wie es sich angefühlt hat, von der eigenen Schwester hintergangen zu werden. Wie es ist, wenn deine kleine heile Welt in sich zusammenstürzt, du denkst, nicht mehr weiterleben zu können und zu wollen. Wenn der Schmerz so tief sitzt, dass du unfähig bist, ein normales Leben führen zu können; dass dir nichts bleibt, als die Flucht zu ergreifen. Weg von allen. Weg von den Menschen, die du liebst und die dir solche Schmerzen zufügen konnten, dass es keine Worte dafür gibt!“

„Sicher“, bringe ich stattdessen raus und weiß, dass es sich alles andere als überzeugend anhört.

„Ich schlage vor, du kommst einfach ganz schnell nach Hause. Wir vermissen dich alle. Auch Hilde und Anni fragen immer wieder nach dir.“

Hilde und Anni, die zwei besten Freundinnen meiner Mutter und Klatschtanten Nummer eins im ganzen Dorf. Den beiden habe ich auch zu verdanken, dass die komplette Nachbarschaft innerhalb einiger Stunden wusste, was passiert war. Noch heute sehe ich die mitleidigen Blicke der Dorfbewohner. Manchmal höre ich jetzt noch, wie hinter meinem Rücken getuschelt wurde. Damals musste ich mich nicht nur meiner Familie stellen, nein, auch Allen anderen aus dem Ort. Irgendwann wurde der Druck zu groß und mir blieb nichts anderes übrig, als Hals über Kopf meine Heimat zu verlassen.

„Ich kann hier nicht so einfach weg. Ich muss erst einen Ersatz für mich suchen und …“

„Ach, die paar Hunde! Wann fängst du endlich an, etwas Vernünftiges aus deinem Leben zu machen? Du bist doch nicht nach München gezogen, um Hundesitterin zu werden oder dich mit anderen diversen Jobs über Wasser zu halten. Was ist mit deinen Plänen?“

Na toll, jetzt kommt wieder diese Sache. Während meine Mum mir wieder eine ihrer altbekannten Predigten hält, lege ich den Hörer weg und sammle die Taschentücher ein. Es ist sinnlos, ihr meinen Standpunkt zu erklären. Ich glaube kaum, dass sie ihn verstehen würde, selbst wenn ich es versuchen würde.

Nach zwanzig Minuten gebe ich mich geschlagen und verspreche ihr, bald zu kommen, um bei den letzten Vorbereitungen zu helfen.

Das bedeutet, in spätestens zwei Wochen München den Rücken zu kehren. Denn die Hochzeit soll in genau drei Wochen stattfinden.

Ich bin erschöpft und müde vom ganzen Weinen. So schleppe ich mich in mein Bett, schnappe mir meine dünne Decke, breite sie über mir aus und kuschele mich tief in die weichen Kissen. Obwohl in meinem Inneren ein

Wirbelsturm tobt, schaffe ich es doch, meine Augen zu schließen und einzuschlafen.

Langsam und so leise wie möglich schleiche ich die alte Holztreppe nach oben. In meiner rechten Hand halte ich eine Tüte mit diversen Dingen, die ich, bevor ich hierhergekommen bin, noch schnell in der Apotheke gekauft habe. Noch immer spüre ich die Röte auf meinen Wangen, die ich seit dem Besuch in der Apotheke mit mir herumtrage. Obwohl der nette Pharmazeut mich überhaupt nicht sonderlich beachtet hat, war es mir doch peinlich, ihm die Schachtel unter die Nase zu halten, damit er sie abkassieren konnte.

Mit jedem Schritt, den ich weiter emporsteige, klopft mein Herz noch schneller. Meine Hände zittern leicht vor Aufregung, als ich vor seiner Wohnungstür zum Stehen komme. Für einen kurzen Moment überlege ich zu klingeln, um mein Eintreffen anzukündigen. Doch dann wäre ja meine Überraschung zunichte. Vorsichtig und lautlos drücke ich die Klinke nach unten. Die Tür ist verschlossen, aber ich weiß, wo er seinen Schlüssel aufbewahrt. Ich beuge mich leicht zur Seite und greife unter die Blumenvase, die als Dekoration rechts daneben steht, und ziehe den Schlüssel hervor. Er liegt kühl und angenehm in meiner Hand und doch beruhigt das kalte Metall meine verschwitzten Hände nicht.

„Kein Grund zur Panik, Jenna. Es wird alles gut“, spreche ich mir Mut zu, nehme den Schlüssel und öffne die Tür. Normalerweise ist er um diese Zeit in der Uni, aber heute Morgen hat er mir eine SMS geschrieben und unser Treffen für den Abend abgesagt, weil er mit Grippe

im Bett liegt. Obwohl ich weiß, dass er Überraschungen hasst, bin ich mir mehr als sicher, dass er sich über diese freuen wird, auch wenn er mit einer fetten Erkältung im Bett liegt. In der Wohnung ist es ruhig.

„Bestimmt schläft er", denke ich und schleiche auf Zehenspitzen zu seinem Schlafzimmer. Das Apartment besteht nur aus zwei Räumen - dem Wohnbereich und seinem Schlafzimmer. Ganz vorsichtig, um ihn nicht aus dem Schlaf zu holen, drücke ich die Klinke nach unten und öffne die Tür. Ich lasse meinen Blick über das Bett gleiten, doch es ist leer. Die Vorhänge sind zugezogen und die Laken sind völlig zerwühlt. Es sieht so aus, als ob er sich darauf immer wieder hin und her gewälzt hätte.

„Fieber", schießt es mir durch den Kopf und bevor ich mir Horrorszenarien ausmalen kann, wie er sich mit 40 Grad Fieber herumquälen muss, geht hinter mir die Tür zu seinem Badezimmer auf. Voller Sorge um ihn drehe ich mich um, bereit, ihn in die Arme zu schließen und wieder in sein Bett zu packen, um sich richtig auszukurieren. Doch was ich dann sehe, verschlägt mir komplett den Atem. Dort steht nicht Marc, sondern meine Schwester Vanessa. Mit nichts bekleidet außer einem roten Stringtanga. Ihr dunkelbraunes kurzes Haar steht ihr wild vom Kopf ab und das breite Lächeln auf ihrem Gesicht erstirbt, als sie mich wahrnimmt.

„Jenna", keucht sie, tritt einen Schritt zur Seite und ermöglicht mir so einen Blick ins Bad.

Dort liegt er! Auf dem Badezimmerteppich - nackt! Von oben bis unten mit Sushi bedeckt. In seinem Mund stecken zwei Stäbchen. Meine Augen wandern an seinem Körper hinab, mein Blick bleibt an seiner Männlichkeit hängen, die sich wie der schiefe Turm von Pisa in die Höhe streckt. Dabei kommt mir der Gedanke: Hat er nicht mal erwähnt, er könne Sushi nicht ausstehen? War nicht er es, der meinen Vorschlag, Sushi zu essen, mit einem angewiderten Blick bedacht hat?

Benommen taumle ich zur Seite und muss mich am Türrahmen festhalten, um nicht in mich zusammenzusacken. Der Boden unter meinen Füßen wankt gefährlich. Meine Augen liegen immer noch auf seinem nackten Körper. Langsam hebt er den Kopf und seine moosgrünen Augen treffen auf meine.

„Jenna", bringt er stockend hervor.

Der Klang seiner Stimme lässt mich aus meiner Schockstarre erwachen. Ich spüre, wie sich meine Augen mit Tränen füllen.

„Jenna, ich kann das erklären."

Vanessas Hand umgreift meinen nackten Oberarm. Wie eine Falle umfängt sie mich. Bevor sie zuschnappen kann, entreiße ich mich ihr.

„Erklären? Ich dachte, du liegst mit einer Erkältung im Bett ... ich dachte ..." Weiter komme ich nicht. Ich habe das Gefühl, mich übergeben zu müssen, und bevor ich restlos zusammenbreche, eile ich aus der Wohnung.

Schweiß durchnässt und mit klopfendem Herzschlag schrecke ich hoch. Verwirrt blicke ich mich um und erkenne in der Dunkelheit, dass ich mich in meinem eigenem Schlafzimmer befinde. Kein Marc, keine Vanessa und doch kommt es mir vor, als ob ich immer noch mitten in Marcs Wohnung stehen würde.

„Du hast geträumt", flüstere ich leise, ziehe mein Bettlaken, dass ich nach unten gestrampelt habe, hoch und schlinge es um meinen zitternden Körper. Seit Monaten versuche ich das Bild der beiden aus dem Kopf zu bekommen und bis vor ein paar Stunden ist mir das auch irgendwie gelungen. Doch jetzt, mit dieser Einladung, steigen alle alten Emotionen wieder hoch. Meine Hand ballt sich zur Faust.

„Nein. Ich lasse nicht zu, dass ich wieder in dieses Loch falle. Ich lasse nicht zu, dass mich alle wieder als die arme Betrogene sehen", befehle ich mir mit lauter Stimme.

In meinem Kopf sind unzählige Bilder und Gedanken, die ich noch zuordnen muss, aber ich weiß, dass ich die Hochzeit nur mit einem richtig guten Plan überstehe. Es muss doch irgendetwas geben, um der Opferrolle zu entfliehen!

Und wie soll das gehen? Die ganze Verwandtschaft, ja, das ganze Dorf weiß, was damals passiert ist. Man muss nur eins und eins zusammenzählen, um zu wissen, warum ich abgehauen bin. Und dann schießt mir ein Gedanke durch den Kopf: „Du brauchst einen Freund."

„Das ist es!"

Begeistert klatsche ich leicht in die Hände. Warum bin ich auch nicht schon früher darauf gekommen?

Die Meute wird aufhören, hinter meinem Rücken zu tratschen, wenn ich nicht alleine auf dieser Hochzeit auftauche, sondern in Begleitung eines gutaussehenden Partners. Niemand wird mich mehr als Opfer sehen. Schließlich bin ich wieder frisch verliebt.

Der Gedanke gefällt mir so gut, dass ich problemlos wieder einschlafe.

Am nächsten Morgen wache ich den Umständen entsprechend gut gelaunt auf. Voller Freude schwinge ich mich aus meinem Bett und gehe zum Kleiderschrank, um mir frische Sachen herauszuholen. Mit einem Lied auf den Lippen schlüpfe ich in mein weißes Top. Ich habe es kaum über den Kopf gezogen, da überkommt mich der Haken an meinem ach so gut durchdachten Plan. Woher soll ich mir einen Freund nehmen, wenn ich doch gar keinen habe?

„Typisch Jenna“, schimpfe ich laut und lasse mich auf mein Bett zurücksinken.

Es muss doch irgendjemanden in meinem Bekanntenkreis geben, den ich um so einen Gefallen bitten kann. In meinem Kopf gehe ich eine kleine Liste von Freunden durch. Aber die paar Männer sind entweder vergeben oder scheiden als potenzieller Partner aus. Schließlich würde mir keine meiner Freundinnen ihren Partner für zwei Wochen ausleihen. Auch der Gedanke, Jonas, der schwul ist, oder Florian, der eher breit als hoch ist, meinen Eltern als meinen Freund vorzustellen, behagt mir gar nicht und scheidet somit aus.

Ich ertappe mich dabei, wie meine Hände zu meinem Nachttisch wandern, um meinen Vorrat an Schokolade aus der obersten Schublade zu vernichten. Kaum halte ich das knisternde Papier in der Hand, reiße ich es auf und schiebe mir den ersten Riegel in den Mund.

„So schnell gebe ich nicht auf.“ Mit diesem Satz angle ich nach meinem Handy und gebe im Internet den Begriff Partnervermittlung ein. Nach unzähligen Treffern stoße ich auf eine Seite, die perfekt für mein Vorhaben ist.

Eine Stunde später stehe ich mit klopfendem Herzen und zitternden Knien vor dem hohen Gebäudekomplex. Unruhig wechsle ich immer wieder von einem Bein auf das andere und beobachte die Bauarbeiter, die Baumaterial ins Gebäude transportieren.

„Möchten Sie da rein?“, werde ich, noch immer auf die Tür starrend, angesprochen.

„Ähm nein, ich meine ja.“

„Sie können reingehen. Wir sind im 3. Stockwerk, die unteren Stockwerke sind frei zugänglich“, erläutert ein älterer Bauarbeiter, nickt mir freundlich zu und verschwindet durch die offene Tür.

„Danke“, rufe ich ihm hinterher und gehe mit zitternden Beinen hinein. Mit dem Fahrstuhl gelange ich, wie auf dem Schild angeschlagen, in das zweite Stockwerk. Mit einem „Bing“ springt die Fahrstuhltür auf und ich trete in den klimatisierten Raum. Neugierig blicke ich mich um. Irgendwie habe ich mir so eine Agentur anders vorgestellt. Hohe zitronengelbe Wände strahlen mich an. Der Raum wird von einer Flut an Tageslicht erhellt. Groß gewachsene Grünpflanzen lassen den Raum noch freundlicher wirken und die lächelnde Frau hinter dem Eingangstresen tut ihr Übriges.

„Guten Tag“, begrüßt sie mich.

„Guten Tag“, antworte ich und gehe auf sie zu.

„Wie kann ich Ihnen helfen?“, will sie wissen und ihre braunen Augen schauen mich kein bisschen verwundert an. Würde ich bei solch einer Agentur arbeiten, würde ich mir alle Personen ganz genau ansehen. Schließlich kommen doch nur alte Frauen auf eine derartige Idee, oder?

„Mein Name ist Jenna Winter. Ich glaube, wir haben vorhin telefoniert.“

„Stimmt. Sie suchen einen Begleiter für eine Hochzeit.“ Die Frau blickt hinunter zu ihrem PC und ich schaue mich beschämt um, ob auch niemand gehört hat, was die nette Dame eben gesagt hat. Mir ist es schon peinlich genug, einen Mann mieten zu müssen. Nicht auszudenken, wenn jemand Bekanntes das mitbekommen würde.

„Nehmen Sie doch noch kurz im Warteraum Platz. Frau Seemann hat gleich Zeit für Sie.“ Die Frau weist auf ein separates Zimmer, dessen Wände aus Milchglas bestehen.

„Danke“, verabschiede ich mich von ihr und wackle auf den Warteraum zu.

Irgendwie bin ich davon ausgegangen, niemanden dort anzutreffen. Doch auf einem der vier Ledersessel sitzt ein breitschultriger Mann in mausgrauem Anzug. Eine Aktentasche liegt auf dem Tisch vor ihm. Von seinem längeren dunkelblonden Haar fällt ihm, als er zu mir aufsieht, eine Strähne in die Augen.

„Wow, was für Augen!“, ist der erste Gedanke, der mir kommt, als sich unsere Blicke treffen. In meinem ganzen Leben habe ich noch nie jemanden zu Gesicht bekommen, der so ein intensives Blau in den Augen hat. Irgendwie erinnert es mich an Max, den Husky von Frau Lehmann, den ich jeden Nachmittag für zwei Stunden ausführe.

„Sind die echt?“, huscht es mir laut über die Lippen.

„Bitte?“, irritiert hebt er eine Augenbraue.

„Erdboden, bitte verschluck mich.“ So schnell es geht, nehme ich auf einem der roten Ledersessel Platz. Noch immer spüre ich seinen Blick auf mir. Eilig greife ich nach einer der ausgelegten Zeitschriften und versuche, mich dahinter zu verstecken. Selbst ein Idiot weiß, dass ein derartiges Manöver nicht sonderlich gut gelingt. Doch irgendwann scheint sein Interesse an meiner Person zu erlöschen und er widmet sich wieder seinem Aktenkoffer. Schweigend sitzen wir da und immer wieder Wandert mein Blick zu ihm und bleibt an seinem Gesicht hängen. Ein markantes Gesicht mit hohen Wangenknochen und einem sinnlich geschwungenen Mund. Auf seinem Kinn zeichnet sich ein Grübchen ab. Seine glatt rasierte Haut ist leicht angebräunt und so makellos, dass er ohne weiteres ein männliches Model sein könnte.

„Deine Eltern haben volle Arbeit geleistet", schießt es mir durch den Kopf.

„Frau Winter", plötzlich steht die Dame vom Eingangstresen neben mir, „Frau Seemann wäre nun so weit."

„Danke." Schnell erhebe ich mich, blicke ein letztes Mal den Fremden an und folge der Empfangsdame.

Sie führt mich am Warteraum vorbei und öffnet eine Tür am Ende des Ganges.

„Bitte sehr." Mit einem aufmunternden Lächeln hält sie mir die Tür auf.

„Wenn du jetzt durch diese Tür gehst, gibt es kein Zurück mehr", mahnt meine innere Stimme. Mitten in der Bewegung halte ich inne. Was soll ich tun? Soll ich wirklich mit einem wildfremden Mann auf der Hochzeit meiner Schwester auftauchen? Soll ich wirklich allen solch eine Lüge auftischen?

„Jetzt stell dich nicht so an! Es ist ja nicht so, als ob du deine Seele dem Teufel verkaufst", rüge ich mich in Gedanken. „Außerdem habe ich keine andere Wahl."

Ich nehme meine Schultern zurück und gehe an der Dame vorbei in den Raum.

„Guten Tag, Frau Winter. Bitte nehmen Sie Platz." Eine elegant gekleidete Dame mit kurzem braunem Bob deutet auf den Stuhl ihr gegenüber. Ihr Lächeln ist aufgesetzt und ich kann an ihrem Gesichtsausdruck erkennen, was sie von mir hält. Ein kleines unscheinbares Ding, das nur auf diesem Weg einen Mann abbekommt.

„Danke." Ich nehme Platz und bin froh, dass der große Eichenholzschreibtisch zwischen uns steht.

„Nun Frau Winter", sie nimmt eine dunkelblaue Mappe und öffnet sie, „Sie suchen also eine Begleitung für eine Hochzeit?"

Mehr als ein Nicken bringe ich nicht zustande.

„In drei Wochen?"

Wieder nicke ich und von Sekunde zu Sekunde behagt mir der Gedanke, einen Mann zu mieten, immer weniger.

„Wie sollte er denn aussehen? Besondere Interessen? Vorlieben?", will sie von mir wissen. Ihre dunkelbraunen Augen sehen mich aufmerksam an.

„Vorlieben?" Meint sie etwa sexuelle Vorlieben?

„Wir möchten die perfekte Begleitung für unsere Kundinnen suchen. Schließlich hat so ein Spaß", dabei betont sie das Wort Spaß ganz besonders, „auch seinen Preis", fährt sie fort.

Ich muss ein paar Mal kräftig schlucken, um den Kloß in meinem Hals herunterzubekommen.

So leise wie möglich antworte ich: „Ich suche keinen Begleiter für solch einen Spaß."

Eben noch war sie ganz in die Akte in ihren Händen vertieft. Doch kaum habe ich ausgesprochen, schnellt ihr

Blick hoch. Sie sieht mich an, als hätte ich ihr eben verkündet, ich wäre ein Außerirdischer vom Planeten Venus.

„Bitte? Ich glaube, Sie haben da etwas falsch verstanden. Wir sind eine seriöse Agentur."

„Oh, ich dachte ... also ..."

Ich spüre, wie ich tomatenrot anlaufe.

„Sollten Sie auf der Suche nach so einem Spaß sein, dann sind Sie bei uns falsch."

„Nein, nein. Ich möchte nur eine Begleitung für die Hochzeit meiner Schwester", versuche ich die Dame zu besänftigen.

„Nun denn. Wie sollte Ihr Partner aussehen? Welche Interessen?"

Puh, ich atme kräftig durch. Das ging ja gerade noch einmal gut. Nicht auszudenken, wenn mich ein Sicherheitsbeamter an meiner Warteraumbekanntschaft hätte vorbei tragen müssen. Ich zähle Frau Seemann auf, was ich mir vorgestellt habe. Als ich damit fertig bin, stelle ich fest, dass ich genau den Mann beschrieben habe, den ich eben im Warteraum gesehen habe. Zumindest, was das Äußere betrifft.

Kapitel 2

*

Jenna

„Aber Schätzchen, du kannst mich doch nicht allein hier zurücklassen."
Frau Millers glasige Augen sehen mich traurig an. Seit dem Telefonat mit meiner Mutter sind fünf Tage vergangen. Einen Ersatz für das Kellnern zu finden, war schnell erledigt. Nicht ganz so einfach war es dagegen, jemand Zuverlässiges für meine Hunde zu organisieren. Aber mein netter Freund Florian, der im Moment gerade Semesterferien hat, springt für mich ein.

„Aber es ist doch nur für zwei Wochen. Ich bin schneller wieder da, als Sie denken", versuche ich sie aufzumuntern und stelle meinen voll bepackten Koffer auf dem grauen Hausflurboden ab. Dabei knie ich mich nieder und kontrolliere zum gefühlten fünften Mal, ob ich auch wirklich mein Schlafkissen eingepackt habe.

„Aber wer kümmert sich denn jetzt um mich, während du weg bist? Wer trinkt mit mir Tee?" Frau Millers knochige Hand stützt sich am Türrahmen ab.

Die Verzweiflung in ihrer Stimme lässt mich zu ihr aufsehen. Ihr Gesicht sieht noch bleicher aus als sonst. Ihr langes graues Haar steckt nicht, wie üblich, streng zu einem Knoten am Kopf fest. Vereinzelte Strähnen lösen sich und die sonst so perfekt aussehende Frau Miller wirkt vernachlässigt. Ihre Bluse ist falsch zusammengeknöpft und sie trägt noch immer den Rock, den sie schon vor drei Tagen anhatte. Erst jetzt merke ich, wie sehr sie mich eigentlich braucht. Auch wenn sie körperlich nicht auf Hilfe angewiesen ist, braucht sie für ihr Wohlergehen die Gesellschaft Anderer. Ich erinnere mich, wie sie einmal gesagt hat, dass all ihre Bekannten mittlerweile verstorben oder mit Demenz im Pflegeheim sind.

Kann ich es mit meinem Gewissen vereinbaren, sie zwei Wochen allein zu lassen? Oder hätte ich ihren Neffen, oder wen auch immer, anrufen sollen und ihm davon berichten? Was, wenn ihr etwas zustößt und keiner es merkt? Wenn die arme Frau Miller stürzt und tagelang mit Schmerzen auf dem Boden liegt?

„Deine Fantasie geht mit dir durch“, flüstert mir meine innere Stimme zu.

Auch wenn ich versuche, die Gedanken aus meinem Kopf zu verbannen, will es mir nicht gelingen.

Bevor ich überhaupt richtig denken kann, höre ich mich schon sagen: „Möchten Sie mitkommen?“

„Wirklich? Meinst du das ernst?“ Ihre Augen, die mich gerade noch voller Trauer angesehen haben, blicken nun lebhafter.

„Natürlich“, bringe ich hervor und strafe mich dabei selbst in Gedanken: „als ob du nicht schon genug Probleme hast! Jetzt musst du dich noch um eine 80-Jährige kümmern, die sich sicher ist, mit Tee und Keksen den Weltfrieden herbeiführen zu können. Ganz toll gemacht, Jenna.“

Noch bevor ich aufstehen kann, klatscht Frau Miller in die Hände und eilt in ihre Wohnung, um eine halbe Stunde später mit einem vollbepackten Koffer neben mir zu stehen.

„Meinetwegen kann es losgehen“, gibt sie begeistert von sich, „ich war vor 22 Jahren zum letzten Mal am Starnberger See.“

„Hmm. Das Taxi müsste jeden Moment hier sein“, gebe ich abweisend von mir.

„Taxi? Ach Schätzchen, wir fahren mit meinem Auto. Besser gesagt, du fährst.“ Und dann holt sie einen Autoschlüssel und wedelt damit vor meiner Nase herum.

„Auto? Ich? Also, um ehrlich zu sein, ich bin das letzte Mal vor knapp drei Jahren gefahren. Ich glaube nicht, dass es eine gute Idee ist, wenn …“

„Natürlich wirst du fahren. Reise mit Stil hat mein lieber Alfons immer gesagt. Nimm schon den Schlüssel.“

Noch bevor ich protestieren kann, liegt auch schon der Schlüssel in meiner Hand. Ich hasse Autofahren. Mit Mühe und Not habe ich überhaupt die Führerscheinprüfung bestanden. Allein der Gedanke, in ein Auto steigen zu müssen und zu fahren, jagt mir einen eiskalten Schauer über den Rücken. Sanft aber bestimmend schiebt mich Frau Miller den Flur hinaus, ums Haus und zur Garage. Und dort steht mein Opfer. Eine grasgrüne Ente. Das Auto glänzt, als ob es noch nie Schmutz oder Regentropfen abbekommen hätte.

„Es ist wirklich sehr nett, aber ich denke, wir nehmen lieber ein Taxi. Meine Fahrkünste sind nicht gerade rosig", versuche ich mich aus der Situation zu retten.

Doch Frau Miller gibt nicht nach und so sitze ich Minuten später hinter dem Lenkrad.

„Frau Miller, das Auto ist viel zu wertvoll, um damit zu fahren“, bemühe ich mich erneut, sie von dem Vorhaben abzubringen.

Doch diese winkt nur ab.

„Dürfen wir denn damit überhaupt noch fahren? Hat es einen aktuellen TÜV?“

„Schätzchen, Alfons hat das Auto geliebt wie ein Kind. Es war sein einziger Wunsch, dass das Auto nach seinem Ableben in Schuss gehalten wird.“ Frau Miller lehnt sich entspannt in ihrem Sitz zurück und ich spüre die ersten Schweißperlen, die sich auf meiner Stirn ansammeln.

„Nun fahr schon los.“

Frau Miller tätschelt mir den Unterarm. Zögerlich lege ich den Rückwärtsgang ein und versuche, keinen Gegenstand aus der Garage zu streifen. Nach geschlagenen zehn Minuten habe ich es geschafft und langsam tuckern wir die Straße entlang. Je weiter wir aus der Stadt herauskommen, desto unübersichtlicher werden die Straßen. Plötzlich tauchen auf meiner rechten und linken Seite weitere Autos auf. Ein großer Lastwagen, der neben mir fährt, behindert meine Sicht auf die Schilder.

„Können Sie bitte auch nach dem Weg Ausschau halten? Ich möchte unter keinen Umständen auf die Autobahn.“

Autobahn? Allein das Wort versetzt mir einen Schweißausbruch, doch bevor ich es richtig registriere, steuern wir auch schon auf die Autobahn zu.

„Oh mein Gott, wir müssen umkehren, ich kann nicht Autobahn fahren!“, kreische ich hysterisch. Meine klitschnassen Hände umklammern das Lenkrad so fest, dass die Knöchel weiß hervorstehen.

„Dann hast du vorher die falsche Abfahrt genommen“, erklärt Frau Miller mir in aller Seelenruhe und greift in ihre braune Ledertasche auf dem Schoß: „Möchtest du einen Keks?“

Ich bin nahe dran, meinen Kopf immer wieder auf das Lenkrad aufschlagen zu lassen.

„Ich muss wenden?“, gebe ich mit angstvoller Stimme von mir.

Panisch blicke ich in den Rückspiegel. Mein Magen fühlt sich an, als ob er sich jeden Moment entleeren will.

„Darf man das denn auf der Auffahrt zur Autobahn?“ Frau Miller klingt überrascht.

„Ich fürchte nicht.“ Am liebsten würde ich meine Augen schließen. Doch das geht nicht und ehe ich mich versehe, sind wir drauf.

„Geschafft.“ Mit der Handfläche wische ich über meine schweißbedeckte Stirn. Die Autos hinter mir hupen, was mich überhaupt nicht stört. Noch immer freue ich mich, dass ich überhaupt auf der Autobahn bin. Doch als mich schließlich ein Lkw überholt und mir den Stinkefinger zeigt, beschließe ich, doch etwas aufs Gas zu drücken. Mit 90 Kilometern pro Stunde fahren wir dahin.

Frau Miller hat mittlerweile die Augen geschlossen und ihre gleichmäßigen Atemzüge sagen mir, dass die Gute tief und fest schläft.

Mit jedem Kilometer, den wir meiner alten Heimat näher kommen, werde ich unruhiger. Mittlerweile bin ich von der 50-minütigen Autofahrt klitschnass geschwitzt. Mein langes Haar klebt unangenehm auf meiner Stirn und auch mein Sommerkleid fühlt sich an, als ob ich durch den Regen gerannt wäre. Das Blut rauscht in meinen Ohren und mein Herzschlag ist auf das Doppelte beschleunigt.

Mit weit geöffneten Augen betrachte ich das Ortsschild, das sagt, dass ich angekommen bin. In meiner alten Heimat. Nach fast drei Jahren wieder hier zu sein, ist einerseits ein schönes, aber auf der anderen Seite ein ungutes Gefühl. Werden mich die Dorfbewohner immer noch als das arme betrogene Mädchen sehen? Werden sie noch immer hinter meinem Rücken über mich sprechen?

„Ah, sind wir da?“, reißt mich Frau Miller aus meinen Gedanken.

„Gleich. Da vorne ist das Haus meiner Eltern.“ Ich deute auf das kleine Einfamilienhaus am Ende der Straße.

„Hübsch. Hier kennen sich wohl alle Nachbarn.“

„Leider“, doch schnell verbessere ich mich, „kann man wohl so sagen.“

Langsam lenke ich das Auto in die Hofeinfahrt und betrachte mein Elternhaus. Es sieht noch genauso aus, wie ich es verlassen habe. Die grünen Fensterläden und der Gartenzaun wurden neu gestrichen. Der Rest ist beim Alten - oder zumindest fast. Die grasgrüne Ente kommt neben einem schwarzen Porsche zum Stehen.

„Haben die etwa im Lotto gewonnen?“ Verwundert sehe ich den Geländewagen an und steige aus, um das Auto besser in Augenschein nehmen zu können. Ich verstehe zwar nicht viel davon, aber dieses Auto scheint nicht im Geringsten in der Preisklasse meiner Eltern zu liegen. Die grüne Ente neben dem schwarzen Geländewagen kommt einer Beleidigung gleich.

„Hübsches Auto“, vernehme ich Frau Millers Stimme.

Die Gute habe ich bei dem ganzen Autobewundern total vergessen. Noch bevor ich darauf etwas erwidern kann, wird die Haustür geöffnet und meine Mutter stürmt mir entgegen. Ihr kurzes, getöntes Haar leuchtet in der Sonne noch röter und ihre grünen Augen, die ich von ihr vererbt bekommen habe, strahlen erfreut.

„Jenna Schatz, du bist da."

Schnell drückt sie mich an sich.

„Hey Mum."

„Wir haben dich so vermisst." Hinter meiner Mum, die mich noch immer fest an sich drückt, erscheint mein Vater. Fast einen halben Kopf größer als meine Mutter, mit seinem kurzen grauen Haar und der Brille, sieht er aus wie immer. Seine dunkelbraunen Augen blicken mich voller Liebe an.

„Hey Dad."

Auch er drückt mich an sich. Ich will gerade meine Augen schließen, als ich noch eine Person hinter ihnen wahrnehme.

*

Andre

„Die verlorene Tochter kehrt zurück", ist der erste Gedanke, der mir bei der Szene kommt. Langsam lasse ich den Blick über die kleine Gestalt gleiten, die Frau Winter an sich drückt. Langes, strohblondes Haar, eine Figur, die sich sehen lassen kann, und dann erst dieser knackige Apfelpo.

„Dreh dich um, Hase. Lass dich von vorne begutachten", befehle ich ihr in Gedanken und starre weiter auf ihren runden Hintern.

Als ob sie mich verstehen könnte, dreht sie sich langsam um. Unsere Blicke treffen sich und ich kann Verwunderung und noch etwas anderes darin erkennen. Meine Augen wandern über ihren langen Wimpern hinab zu der kleinen Stupsnase, den vollen Lippen und dann noch eine Etage tiefer. Ihre ganze Körperhaltung sieht nicht gerade so aus, wie ich es von einer Frau kenne.

Normalerweise bin ich es gewohnt, dass Frauen alles dransetzen, um meine Aufmerksamkeit auf sich zu ziehen. Jede Bewegung, jede Geste wirkt bei ihnen wie einstudiert. Als ob sie genau wüssten, auf was wir Männer stehen. Doch der Hase steht da, mit herunterhängenden Schultern, eingezogenem Kopf und einer Haltung, die genau dem Bild des Mädchens von nebenan entspricht. Und doch hat die Kleine etwas an sich, was mich fasziniert. Aber das habe ich schon bei unserem ersten Aufeinandertreffen entdeckt. Das Lächeln, mit dem sie eben noch ihre Eltern begrüßt hat, fällt in sich zusammen. Noch bevor sie etwas sagen kann, taucht plötzlich neben ihr eine ältere Dame auf.

„Guten Tag, ich bin Frau Miller, Jennas Vermieterin."

Mit einem herzlichen Lächeln drückt sie sich leicht neben Jenna und reicht ihre zittrige Hand erst Jennas Mutter und dann ihrem Vater. Die beiden wirken überrascht und sehen sich etwas überfordert an.

Herr Winter ist der Erste, der die Fassung wiederfindet: „Willkommen Frau Miller. Jenna hat gar nicht erwähnt, dass Sie mitkommen."

„Ja, bis vor zwei Stunden wusste ich auch noch nichts davon. Ich hoffe, ich bereite Ihnen nicht allzu große Umstände." Frau Miller lächelt immer noch.

„Nein, nein. Bitte kommen Sie doch mit rein. Sie sind bestimmt müde von der Fahrt."

Nun ist auch Frau Winter wieder gefasst. Die drei kommen auf mich zu. Nur Jenna steht noch immer da wie vom Donner gerührt. Herr Winter hakt sich bei Frau Miller ein und führt sie zum Haus. Frau Winter nickt mir kurz zu und wirkt etwas zerstreut. Kaum sind die drei im Haus, erwacht der Hase aus seiner Schreckstarre und rauscht auf mich zu.

„Was zum Teufel machen Sie hier?" Ihre Augen sind zu kleinen Schlitzen zusammengezogen.

„Ich denke ...", weiter komme ich nicht. Mit verschränkten Armen vor der Brust baut sie sich vor mir auf und fährt mir über den Mund:

„Ich bezahle Sie nicht fürs Denken. Wir beide haben eine Abmachung und daran sollten Sie sich verdammt noch mal halten. Wie kommen Sie überhaupt auf die Idee, ohne mich hier aufzukreuzen?"

„Wir befinden uns in einem freien Land, Hase." Irgendwie ist es süß, sie in solch einer Rage zu erleben. Auch wenn ich mich frage, was sie mit ihrer Andeutung, eine Abmachung zu haben, meint.

„Hase? Haben Sie mich eben Hase genannt?"

Mir ist klar, dass es vermutlich keine gute Idee ist, sie so zu nennen. Und doch kann ich nicht anders. Ihre grünen, froschfarbenen Augen sind noch enger zusammengekniffen. Schwungvoll fährt sie sich durch das Haar und wirft es dabei über die Schulter.

„Wie Sie Ihre anderen Kundinnen nennen, ist mir vollkommen egal. Aber solange wir beide“, dabei bohrt sich ihr Zeigefinger in meine Brust, „einen Deal haben, nennen Sie mich so, wie ich es möchte. Kapiert?“

Mein Blick heftet sich auf ihren Finger, der sich immer tiefer in meine Haut bohrt. Allein diese Berührung reicht, um eine Stoßwelle in meiner Lendengegend auszulösen.

„Also, bis jetzt bist du die Erste, die ich Hase nenne. Zumindest, was meine Kundschaft betrifft.“

Angewidert sieht sie mich an. Langsam wird ihr wohl auch bewusst, dass ihr Finger immer noch auf mir liegt. Mit geröteten Wangen zieht sie ihn blitzschnell zurück.

„Bitte ersparen Sie mir die Einzelheiten.“ Langsam tritt Jenna einen Schritt zurück und schafft so Platz zwischen uns, was gut ist. Denn das Blut in meinem Körper rauscht nur so durch mich hindurch.

„Jenna. Wir warten auf euch“, ertönt in diesem Moment die Stimme von Frau Winter.

„Wir kommen, Mum“, ruft Jenna ihr entgegen. Bevor ich mich versehe, umfasst Jennas warme Hand meinen Oberarm. Leise flüstert sie mir zu: „Wehe, Sie nennen mich vor meinen Eltern Hase.“

„Hase? Warum um alles in der Welt sollte ich das im Beisein ihrer Eltern tun?“, denke ich mir und folge Jenna an den Blumenbeeten vorbei ins Haus.

*

Jenna

Dieser Klotz! Sein selbstgefälliges Grinsen wird ihm schon noch vergehen. Ich bin seine Kundin. Er wird von mir bezahlt und dann wird auch nach meinen Regeln gespielt, auch wenn er Mr. Supersexy ist. Mein gebuchter

Mann sieht wirklich verdammt heiß aus. Heute trägt er keinen Anzug, sondern eine schlichte beige Stoffhose und ein schwarzes T-Shirt. Darunter zeichnet sich sein athletischer Körper ab. Gerade genug Muskeln an den Oberarmen, um nicht zu prollig zu wirken. Kein Gramm Fett scheint auf seinem Bauch zu liegen. Aber das entschuldigt noch lange nicht sein unmögliches Verhalten mir gegenüber. Um ein Trinkgeld von mir zu bekommen, muss er sich schon mehr ins Zeug legen. Wenn ich nach diesen Wochen überhaupt noch Geld besitze.

Meine Mum ist wieder im Haus verschwunden und bevor ich meinen Eltern meinen ach so tollen Freund vorstelle, sollte ich vielleicht noch ein paar Einzelheiten mit ihm besprechen.

„Wie heißen Sie überhaupt?"

Noch bevor er antworten kann, taucht meine Mum wieder vor uns auf: „Da seid ihr ja. Wir sind in der Küche."

„Name?", zische ich zwischen zusammengebissenen Zähnen hervor. Doch ich bekomme keine Antwort. Entweder hat er es nicht gehört oder er ignoriert mich absichtlich. Aus der Küche höre ich schon, wie Frau Miller von mir schwärmt.

„Sie ist so ein gutes Kind. Ich hätte mir keine bessere Mieterin vorstellen können."

Und dann stehen wir da, mitten in der Küche. Meine Mutter eilt zum Kühlschrank, um ihren selbstgebackenen Himbeerkuchen zu holen. Mein Dad sitzt Frau Miller gegenüber und hört ihr aufmerksam zu. Zumindest macht es für Außenstehende den Eindruck. Jetzt oder nie. Ich spüre, wie der Schweiß, der sich während der Autofahrt auf meiner Haut gesammelt hat, von Neuem auszubrechen droht. Die ersten kleinen Tropfen sammeln sich zwischen meinen Brüsten. Mir wird heiß und ich habe keine Ahnung, ob es an der bevorstehenden Nachricht oder an meiner Hand liegt, die den Arm meines Begleiters noch fester umfasst.

„Ich muss euch was sagen", wispere ich. Doch niemand scheint richtig Notiz von mir zu nehmen. Also versuche ich es erneut und lege etwas mehr Ausdruck in meine Stimme: „Mum, Dad, ich möchte euch meinen neuen Freund vorstellen."

Nun ist es heraus. Ich spüre, wie sich der Arm meines Begleiters versteift und wie sein Kopf zu mir herumschnellt. Besser gesagt, auf mich herabsieht. Denn mein neuer Freund überragt mich bestimmt um zwei Köpfe. Mama lässt vor Überraschung beinahe ihren Kuchen fallen. Papa sieht mich an, als ob er gerade eben erst erfahren hätte, dass ich auf Männer stehe. Ein Lächeln umspielt sein Gesicht.

„Ihr kennt euch? Na, warum hast du das nicht früher gesagt? Andre ist fünf Minuten vor euch angekommen. Warum seid ihr nicht zusammen gekommen?" Mum stellt ihren Kuchen auf dem Tisch ab, bevor er ihr wirklich noch aus der Hand gleitet.

„Das ist aber ein Zufall. Die zwei Trauzeugen, ein Paar." Dad schüttelt zweifelnd den Kopf.

„Trauzeugen?" Ich stehe da wie eine Bekloppte.

Das muss doch ein Irrtum sein! Wie kann mein gemieteter Mann Marcs Trauzeuge sein? Was geht hier vor?

„Halt!" Ich spüre, wie der Boden unter meinen Füßen gefährlich schwankt.

„Nun setzt euch doch. Wir wollen alles wissen. Wie habt ihr euch kennengelernt? Und warum haben Vanessa und Marc nichts erwähnt?“ Mum klatscht voller Begeisterung in die Hände.

Meine Hand gleitet leblos von Andres Arm. Dieser sieht mich fragend an, kommt aber der Aufforderung meiner Mum nach und nimmt auf der Eckbank Platz. Mein Blick huscht zwischen dem freien Platz neben Andre und Frau Miller hin und her. Sie ist die Einzige, die mich ungläubig ansieht. Ihre hellen Augen liegen aufmerksam auf mir.

„Sie weiß es“, schießt es mir durch den Kopf.

Meine Füße tragen mich auf den freien Platz und geräuschlos lasse ich mich darauf sinken.

Kapitel 3

*

Andre

Was um alles in der Welt geht hier vor? Ich, Jennas Freund? Das wüsste ich aber. Am liebsten würde ich dieses Missverständnis auf der Stelle aus der Welt schaffen. Doch Jenna, die neben mir sitzt, sieht aus wie ein Häufchen Elend. In sich zusammengesunken, scheint sie am liebsten unter den Tisch kriechen zu wollen.

„Nun erzählt schon, wie habt ihr euch kennengelernt?“, will Jennas Mutter neugierig wissen. Dabei greift sie nach dem Kuchenmesser und beginnt, den Kuchen in Stücke zu schneiden. Jenna rutscht neben mir unruhig hin und her und bringt es kaum fertig, mir in die Augen zu schauen. Das Ganze ist doch lächerlich. Was soll das alles?

„Nun?“ Herr Winter nickt uns aufmunternd zu.

„Ich hatte geschäftlich in einem Büro zu tun und Jenna war zur gleichen Zeit dort“, höre ich mich selber sagen und spiele Jenna zuliebe dieses Spiel mit. Auch wenn ich von Frauen nicht gerade als Retter in der Not angesehen werde, bei Vanessas kleiner Schwester kann ich nicht anders. In ihren Augen liegt dieser panische, verzweifelte Ausdruck, den ich sonst nur von meiner Mutter kenne, wenn sie mal wieder erfährt, dass ich noch immer nicht ans Heiraten und Kinderkriegen denke.

„Ach, das ist ja interessant. Marc hat erwähnt, Sie seien ebenfalls in der Immobilienbranche tätig. Was sagen Sie zu Jennas momentaner Tätigkeit, Hunde zu betreuen?“, hakt Jennas Mutter nach und schiebt mir einen Teller mit Kuchen zu.

Sie betreut Hunde? Ich mag Hunde, aber das ist doch kein Beruf.

„Mutter, bitte.“ Jennas Stimme klingt mehr als verzweifelt.

„Wir sind erst seit ein paar Tagen zusammen. Das Ganze ist noch sehr neu für uns. Nicht wahr, HASE?“ Ich lasse meine Hand auf Jennas Knie sinken und tätschele es.

„Ganz neu, Bärchen“, gibt sie zwischen zusammengepressten Lippen von sich und versucht, meine Hand abzuschütteln.

„Ach Jenna. Dein Vater und ich fänden es so schön, wenn du wieder hierher ziehen würdest. Andre wohnt doch auch hier und …“

„Mum, bitte.“

„Wir meinen es nur gut. Wirst du die zwei Wochen bei Andre wohnen?“, will Herr Winter wissen. Dabei sieht er mich warnend an.

Hätte ich eine Tochter, würde ich mir den Mann, mit dem sie zusammen wäre, auch ganz genau ansehen. Vor allem, wenn der einen Ruf wie den meinen genießt. Ich war noch nie ein Kind von Traurigkeit. Was heißt, dass ich mich mit belanglosen One-Night-Stands abgebe. Ich bin kein Beziehungstyp. War ich noch nie und werde ich auch nie sein. Sex ist das Einzige, was für mich zählt.

Meine Hand liegt immer noch auf Jennas Knie und ich kann die Hitze, die sie ausstrahlt, fühlen. Ich betrachte Jenna von der Seite. Eigentlich entspricht sie nicht ganz meinem Beuteschema, aber sollte es stimmen, was die Leute im Dorf über sie sagen, wäre es doch einen Versuch wert. Es heißt, Jenna sei ein braves, nettes Mädchen, das außer Marc noch nie eine Liebschaft hatte. Der Traum alle Mütter, die ihren Sohn nicht mit einer sehen wollen, die schon von der halben männlichen Ortschaft flachgelegt wurde. Die jungen Männer wiederum sagen, Jenna halte sich für was Besseres. Kein Mann sei ihr gut genug.

*

Jenna

Andre ist nicht mein gebuchter Mann. Von Minute zu Minute wird mir das klarer. Oh Gott, in was für ein Chaos habe ich mich nur gestürzt? Warum kann ich die Zeit nicht einfach zurückdrehen? Nur für ein paar Minuten oder für ein paar Wochen. Ach, am besten gleich ein paar Jahre. In die Zeit, bevor ich Marc kennengelernt habe. Bevor mein Leben derart aus dem Ruder gelaufen ist.

„Dann hat Jenna Ihr Herz also im Sturm erobert?“ Meine Mum schließt glückselig ihre Hände und seufzt. Genauso, wie sie es immer bei ihren Rosamunde-Pilcher-Filmen tut.

„Frau Winter, bitte nennen Sie mich Andre. Jetzt, wo Jenna und ich ein Paar sind.“ Dabei zwinkert er meiner Mum zu und setzt sein „Ich kann alle haben“-Lächeln auf.

„Puhhh. Ich glaube, ich muss mich gleich übergeben“, gebe ich kleinlaut von mir und taxiere diesen Möchtegern mit meinen Blicken. Merkt meine Mum denn nicht, dass er gerade dabei ist, sie um den kleinen Finger zu wickeln?

„Schatz, ist dir nicht gut?“ Dad greift nach meiner Hand und drückt sie kurz.

„Wahrscheinlich die anstrengende Fahrt“, meldet sich nun auch Frau Miller zu Wort, „Jenna und ich trinken immer Tee und essen Kekse, wenn sie von der Arbeit kommt."

„Nein, nein, bitte nicht", denke ich mir und merke, wie sich mein Kopf immer wieder hin und her bewegt. Das ist nun wirklich zu viel. Nicht auch noch Ilse und ihr bescheuerter Tee. Nichts kann meine Situation jetzt noch retten.

„Ich muss mich mal kurz frisch machen." Bevor ich noch komplett die Nerven verliere, springe ich auf und möchte schon das Zimmer verlassen, als mir einfällt, dass ich noch etwas zu klären habe.

„Bärchen, kommst du kurz mit? Ich möchte dir mein Zimmer zeigen."

Andre nickt: „Entschuldigen Sie mich kurz."

„Bitte Andre. Ich bin Tess und mein Mann Karl. Lass uns doch beim Du bleiben. Du gehörst ja jetzt zur Familie." Meine Mum lächelt ihn an und wenn ich es nicht besser wüsste, könnte man meinen, er gefalle ihr. Das ist nun aber wirklich genug. Blitzschnell, noch bevor Andre was erwidern kann, greife ich nach seiner Hand und ziehe ihn mit mir mit.

*

Andre

Wie eine Furie stapft Jenna vor mir her. Ihr Griff ist so fest, dass ich fast meine, sie würde mir am liebsten den Arm brechen. Gut, ich gebe zu, dass ich den Bogen vielleicht etwas überspannt habe. Aber hey, es war nicht meine Idee, mich als ihren Freund vorzustellen! Auf die kam der Hase ganz allein. Wie kommt sie denn überhaupt dazu? Vorbei an Türen und antiken Schränkchen führt sie mich durch ihr Elternhaus. Ich habe nicht einmal genug Zeit, mir die Einrichtung genauer anzusehen. Dann öffnet sie eine Tür und ich stehe mitten in einem kleinen Raum. Die Wände sind zitronenfarben und der Holzboden ist aus dunkelbraunem Laminat. Weißgelbe Vorhänge verbergen die Sicht nach draußen. Neugierig sehe ich mich weiter um. Ein kleines, weißes Bett mit einer gepunkteten gelben Bettwäsche. Der weiße Schrank ist aus massivem Holz und der Schreibtisch, der vor dem Fenster steht, ebenfalls. Eine gelbe Vase steht auf dem Nachttisch neben dem Bett.

„Gelb scheint wohl deine Lieblingsfarbe zu sein.“

Geräuschvoll fällt die Tür hinter uns ins Schloss. Langsam drehe ich mich um. Und da steht Luzifers Tochter höchstpersönlich. Nun, ihr Aussehen gleicht doch eher einem Engel, aber der Blick, mit dem sie mich durchbohrt, sagt alles. Wütend sind ihre Lippen aufeinander gepresst, die Arme hat sie so unter der Brust verschränkt, dass es ihre zwei Hügel schön nach oben drückt. Wie ich von hier sehe, sind es zwei wohlgeformte Brüste. Aber sehen allein reicht nicht. Ich möchte sie fühlen. Jenna scheint meinem Blick gefolgt zu sein. Plötzlich lässt sie ihre verschränkten Arme fallen. Ihre Wangen haben eine undefinierbare Röte angenommen.

„Hast du mir auf die Brüste gestarrt?“

„Würde ich Nein sagen, wäre es gelogen.“

„Ich fasse es einfach nicht, in was für eine Situation du mich bringst. Erst machst du mir glaubhaft, du seist mein gebuchter Mann. Dann hast du den größten Spaß daran, meine Eltern um den Finger zu wickeln. und als ob das nicht reichen würde, besitzt du die Frechheit, mich mit deinen Blicken beinahe auszuziehen." Verärgert stapft sie hin und her.

„Entschuldige, wenn ich dich verbessern muss. Aber du warst es, die mich als deinen Freund vorgestellt hat."

„Aber nur, weil du mich in dem Glauben gelassen hast." Aufgebracht fährt sie sich durch ihr langes Haar.

„Ich hatte ja keine Möglichkeit, dich eines Besseren zu belehren. Und was ist das mit dem gebuchten Mann?" Langsam werde ich neugierig.

„Ich dachte, weil ich dich in dieser Agentur gesehen habe und du dann hier aufgetaucht bist, dass du mein gebuchter Mann bist."

„Du hast einen Mann gebucht?"

„Ja, verdammt."

Allmählich wird Jenna etwas langsamer mit ihrem Auf-und-ab-tigern.

„Tja, da hast du wohl falsch gedacht." Der Gedanke, dass sie einen Mann gebucht hat, lässt mich nicht los. Warum hat sie das getan?

„Bevor du etwas sagst, ich hatte keine andere Wahl. Ich musste einfach einen Mann für die Hochzeit finden. Und da bin ich eben auf den Gedanken gekommen, einen zu buchen. Was ist schon dabei?", winkt sie ab und doch kann ich erkennen, dass sie versucht, das Ganze herunterzuspielen.

„Und was wollen wir jetzt tun?" Ich lasse mich auf ihr Bett sinken.

„Ich habe absolut keine Ahnung."

„Tja, vielleicht spiele ich dein Spielchen einfach mit." Ich verschränke meine Hände hinter dem Kopf und lehne mich zurück.

Jenna bleibt überrascht stehen: „Wirklich?“

Ich zucke mit den Schultern: „Du scheinst mir ganz nett zu sein.“ Langsam stoße ich mich von ihrem Bett ab und gehe Schritt für Schritt auf sie zu, bis ich schließlich vor ihr zum Stehen komme: „Und wer weiß, vielleicht komme ich ja auch auf meine Kosten.“

Mein Finger berührt ihr Haar und ganz langsam drehe ich es auf meinen Finger.

„Was meinst du mit Kosten?“ Ihre froschgrünen Augen blicken mich an und ich spüre, wie sie von Sekunde zu Sekunde nervöser wird. Hier, so nah bei mir. Ich ziehe leicht an ihrem Haar, bis ihr Gesicht nur noch wenige Zentimeter von meinem entfernt ist. Ich kann ihren Duft riechen. Vanille vermischt mit Mandel. Am liebsten würde ich meine Nase in ihrem Haar verstecken. Stattdessen nehme ich meine freie Hand und vergrabe meine Finger in ihrem vollen Schopf.

„Du weißt, was ich meine.“ Meine Stimme hört sich selbst in meinen Ohren rau an.

Sekundenlang bleibt sie so stehen. Dann, blitzartig, schiebt sie ihre Hände zwischen uns, direkt auf meine Brust und drückt mich mit all ihrer Kraft von sich. Wäre ich darauf gefasst gewesen, hätte sie es nicht geschafft. Doch ich bin so überrascht, dass ich zurücktrete.

„Das wird höchstens in deinen Träumen passieren.“

Kapitel 4

*

Jenna

Lustlos stochere ich auf meinem Teller, der mit Rührei und Speck beladen ist, herum. Seit ich hier bin, hält sich mein Appetit in Grenzen. Was nicht nur daran liegt, dass meine Mum mir angekündigt hat, Vanessa würde zum Frühstück vorbeikommen. Nein, auch die Sache mit Andre liegt mir schwer im Magen. Die halbe Nacht habe ich damit verbracht, mir zu überlegen, wie ich aus dem Schlamassel wieder rauskomme.

„Und ist dir jetzt eine Lösung gekommen?“, hakt meine innere Stimme nach. Wortlos schüttele ich den Kopf.

„Hast du gut geschlafen?“ Frau Miller, die neben mir sitzt, unterbricht ihre Neugierde nach Klatsch, schiebt die Zeitschrift von sich und sieht zu mir auf.

„Nicht wirklich“, gebe ich ehrlich zu und picke zum wiederholten Mal den Speck auf meine Gabel. Nur, um ihn dann auf meinem Teller auf und ab zu schieben, bevor ich ihn schließlich gedankenverloren in meinen Mund stecke.

„Du siehst auch nicht gerade rosig aus, mein Kind.“ Frau Millers Augen blicken mich durchdringend an.

Achtlos hebe ich die Schultern an.

„Was bedrückt dich denn?“ Ihre Hand tätschelt meine. Mit der anderen greift sie nach ihrer Teetasse. Wenn ich mir recht überlege, habe ich sie noch nie etwas anderes als Tee trinken gesehen.

„Ach, Frau Miller.“

„Ilse. Es ist an der Zeit, dass du mich bei meinem Vornamen nennst.“ Frau Miller alias Ilse nickt mir zu.

Ich schenke ihr ein ehrliches Lächeln und möchte schon anfangen zu erzählen, als just in diesem Moment die Haustür aufspringt.

„Ich bin hier“, ertönt eine helle, hohe Stimme. Gleich darauf folgt das mir so bekannte Geräusch von Schuhen, die achtlos auf den Boden geworfen werden. Und dann steht sie vor uns. Ein Blick genügt. Sie sieht noch immer umwerfend aus, von Kopf bis Fuß durchgestylt. Meine Schwester trägt ein kurzes, korallenrotes Kleid, das für ihre Verhältnisse, obwohl es kaum ihren Po bedeckt und dessen Rockteil für mich eher nach einem breiten Gürtel aussieht, doch recht züchtig ist. Es ist nicht ganz so eng, wie man es von Vanessa gewohnt ist, und doch kann man die Konturen ihres perfekt durchtrainierten Körpers erkennen. Ihr dunkelbraunes Haar trägt sie etwas länger als noch vor ein paar Jahren. Ein moderner Bob, der ihr Gesicht schön umspielt. Ihre Haut ist goldbraun und so makellos, wie ich es mir nur wünschen kann. Aus ihren langen, dicht getuschten, schwarzen Wimpern sieht sie mich mit ihren großen, grünen Augen an.

„Pah, meine Augen sind viel schöner als deine. Viel heller und leuchtender“, streckt meine innere Stimme ihr die Zunge raus.

„Jenna. Hi.“, kommt es etwas stockend von ihr.

„Hey.“

Stille. Vanessa steht da und zum ersten Mal kann ich erkennen, dass sie sich nicht ganz wohl in ihrer Haut fühlt.

„Geschieht dir ganz recht. Jetzt siehst du, wie es mir all die Jahre ergangen ist“, denke ich.

Ilse blickt aufmerksam zwischen uns hin und her. Jeder, der Augen im Kopf hat, sieht, dass es nicht normal ist, seine Schwester so zu begrüßen.

„Vanessa, Schatz. Setz dich zu uns“, unterbricht in dem Moment Mum die unangenehme Situation.

Meine Schwester nimmt Platz und reicht Frau Miller, vorbildlich wie sie ist, ihre manikürte Hand mit den knallroten Nägeln.

„Ich bin Vanessa, Jennas ältere Schwester.“

„Ilse Miller. Die Vermieterin von Jenna“, stellt sie sich vor und schenkt Vanessa nur halb so viel Aufmerksamkeit, wie sie es sonst gewohnt ist. Am liebsten würde ich meine liebe alte Vermieterin drücken.

„Nett, dass sie Jenna begleiten“, gibt Vanessa unbehaglich von sich. Bestimmt fragt sie sich, wie viel Ilse weiß.

„Gut siehst du aus“, wendet sich Vanessa nun an mich und greift nach der Kaffeekanne, um sich frischen Kaffee einzuschenken.

„Danke, gleichfalls.“ Ich habe keine Ahnung, was ich sagen soll.

„Hier.“ Mum reicht ihr das Körbchen mit frischen Brötchen. „Nun was machen die Vorbereitungen? Hast du Jenna schon gefragt?“

Vanessa greift sich ein Brötchen, räuspert sich kurz und fragt mit dem Blick auf mich gerichtet: „Jenna, ich möchte, dass du meine Trauzeugin wirst. Leider ist Mum mir ja zuvorgekommen. Aber ich wünsche mir nichts mehr, als dass du ja sagst.“ Und zum ersten Mal klingen ihre Worte wirklich wahr. Erwartungsvoll sieht sie mich an. Fast flehend.

„Ich … also …“, bringe ich stotternd hervor.

Meine innere Stimme ruft: „Tu es nicht, sag nicht ja!“

Doch ihre Augen blicken mich genauso an wie früher, wenn sie mit meinen Puppen spielen wollte. Damals konnte ich ihr keinen Wunsch abschlagen. Vanessa wusste, wie man einen um den Finger wickelt. Nur zu gern habe ich mit ihr meine Spielsachen geteilt.

„Tja, nur leider hat Vanessa das Teilen etwas falsch verstanden. Zumindest was deinen Freund anging“, protestiere ich in Gedanken. Innerlich fechte ich einen Kampf aus. Denn auf der einen Seite hat sie mich so tief verletzt und doch ist sie auf der anderen Seite meine Schwester. Ich habe nur die eine und will ich mir wirklich mein ganzes Leben anhören müssen, dass ich nicht ihre Trauzeugin sein wollte?

„Okay. Ja“, hörte ich mich schleppend sagen.

Kaum habe ich es ausgesprochen, klatscht Vanessa in die Hände, wirft mir eine Kusshand zu und wühlt aus ihrer übergroßen Pradatasche einen Ordner: „Hier, da steht alles drin.“

Zögerlich greife ich nach der Mappe und schiebe meinen Teller, der noch immer mit Rührei und Speck beladen ist, endgültig von mir.

Zwei Stunden später habe ich das Gefühl, als ob mein Gehirn jeden Moment aus meinem Kopf ausbrechen könnte. Ich höre nur noch Hochzeitskleid, Hochzeitstorte, Walzer, Hochzeitsdekoration …

Ilse hat sich schon vor über einer Stunde mit den Worten: „Ich sehe mir mal ein bisschen den Garten an“, verabschiedet. Ab diesem Moment war ich alleine mit einer „Mein Mädchen heiratet“-Mutter und einer „Alles wird perfekt. Es wird die Hochzeit des Jahres“-Schwester. Womit habe ich das nur verdient? Bin ich wirklich so ein schlechter Mensch? Vor Selbstmitleid habe ich gar nicht mitbekommen, dass Mum sich zum Kochen verabschiedet hat. Jetzt sitze ich allein mit Vanessa, die eifrig auf einem Blatt Papier schreibt, was noch erledigt werden muss.

„Ich fasse es einfach nicht, dass du mit Andre zusammen bist. Gerade du!“ Sie kichert vor sich hin und schreibt eilig weiter.

„Was meinst du mit gerade du? Bin ich etwa nicht gut genug für ihn?“

„Ach Kleine. Das habe ich nicht gemeint.“ Sie verdreht die Augen und fährt dann fort: „Andre ist der größte Playboy, den ich kenne. Versteh mich nicht falsch, aber ich habe dich immer für spießig und na ja … schüchtern gehalten, was Männer angeht.“

Ich schlucke schwer.

„Aber Andre“, sie fächert sich Luft zu, „nach dem, was die Frauen über ihn sagen, muss er wirklich eine Granate sein.“

„Ahh.“

„Aber du hast ihn dir geangelt. Das ist einfach unglaublich.“ Während sie dies sagt, tätschelt sie mein Knie. Ab jetzt bin ich nicht mehr das arme betrogene Mädchen, sondern eine Frau, die laut meiner Schwester mit der größten männlichen Schlampe ausgeht. Was ist nun besser?

Kapitel 5

*

Jenna

Mit jedem Schritt, den ich weitergehe, knüllt meine Hand das Papier noch fester zusammen.

„Eine Liste. Eine bescheuerte Liste", fluche ich vor mich hin und gebe mir große Mühe, nicht vor lauter Wut auf dem Boden zu landen.

„Warum ziehst du auch solche Schuhe an, wenn du eh nicht richtig darin gehen kannst?", tadelt mich meine innere Stimme. Gut, ich gebe zu, dass ich nicht gerade wie Heidi Klum darin laufe. Eher wie ein Storch. Aber zu meiner Verteidigung muss ich sagen, dass der kiesige Boden seinen Teil dazu beiträgt.

„Das redest du dir ein", kontert meine innere Stimme.

Im Grunde sind es die einzigen Schuhe, die zu meinem gepunkteten hellblauen Sommerkleid passen. Was ich wiederum nur angezogen habe, weil ich Marc heute sehe. Nachdem meine Schwester mich mit ihrer blöden Liste zurückgelassen und mir verkündet hat, am Abend stehe für uns vier eine Weinprobe auf dem Programm, habe ich meinen kompletten Schrank auf den Kopf gestellt, um wenigstens kein allzu schreckliches Bild abzugeben. Auch, wenn ich Vanessa in puncto Schönheit nie das Wasser reichen kann, soll Marc trotzdem sehen, dass ich auch nett anzusehen bin.

Und da bin ich nun. Auf etwa zehn Zentimeter hohen Absätzen wackle ich auf den Weinkeller zu. Der laue Abendwind kitzelt leicht mein Gesicht und trägt die

Stimmen vom Keller nach oben. Ganz deutlich kann ich Marcs dunkle Stimme erkennen. Ich höre ihn lachen und mein Magen beginnt sich zu bewegen. Ein ganz leichtes, warmes Gefühl breitet sich darin aus. Nach all den Jahren schafft seine Stimme es noch immer. Noch immer höre ich ihn an unserem ersten Abend. Wie er mir mit seiner warmen Hand über die Wange fuhr, lächelte und mich küsste. Wie er mir Liebesschwüre ins Ohr gesäuselte. Mich gestreichelte und …

„Stopp“, rufe ich leise. Ich schüttele die Gedanken ab und drücke die Türklinke hinunter.

„Du schaffst das. Laut Vanessas Liste sind es nur vier Termine. Danach ist die Hochzeit dran und dann siehst du die zwei nie wieder“, sage ich bestimmend.

„Klar. Denn München ist ja auch Hunderte von Kilometern entfernt“, meldet sich meine ironische Seite zu Wort.

„Dann ziehe ich eben weg. Ins Ausland. Am besten nach Afrika. Oder Australien“, antworte ich trotzig.

„Hey, habt ihr nicht auch die Tür gehört?“ Vanessas Lachen dringt an mein Ohr.

Okay, ich muss jetzt da runter. Eilig streiche ich mein Kleid zurecht, straffe meine Schultern und nehme die erste Stufe. Mit jeder Stufe, die ich weiter hinabsteige, beschleunigt sich mein Herzschlag. Etwas in mir ruft: „Kehr um. Noch ist es nicht zu spät.“

Nein, ich schaffe das und dann bin ich in dem kalten Gewölbekeller angekommen. Das Licht hier unten ist so hell, dass es mich beinahe blendet. Der Geruch von Trauben, vermischt mit Holz und einem modernden Geruch, hängt in der Luft.

„Jenna, da bist du.“ Vanessa lässt augenblicklich Marcs Oberarm los und eilt auf mich zu. Ehe ich mich versehe, drückt sie mich an sich und schiebt mich zu den anderen, die um ein altes Weinfass stehen. Willenlos lasse ich es geschehen und wage nicht, jemanden anzusehen. Mein Blick ist auf das Weinfass mit den fünf Gläsern, etwas Käse und den Salzstangen gerichtet. Vanessa lässt meinen Oberarm los und schlendert zu Marc und Andre, die mich beide ansehen. Langsam schenke ich den anderen Anwesenden meine Aufmerksamkeit. Marc blickt mich mit seinen moosgrünen Augen neugierig an. Ich sehe, wie er mich von Kopf bis Fuß mustert. Als sein Blick auf meine Schuhe fällt, breitet sich auf seinem Gesicht ein Grinsen aus.

„Hi Jenna. Gut siehst du aus“, begrüßt er mich und schenkt mir sein atemberaubendes Lächeln.

uch ich kann mir nicht verkneifen, ihn zu mustern. Er hat sich kaum verändert. Noch immer die schwarzen, leichten Locken, die im gedämpften Licht beinahe kohlrabenschwarz aussehen. Seine Haut ist immer noch braungebrannt und sein Gesicht noch genauso kantig wie früher. Einzig ein kleines Wohlstandsbäuchlein zeichnet sich unter seinem dunkelgrünen Hemd ab.

„Hi Marc“, höre ich meine Stimme sagen und ich spüre, wie das warme Gefühl in meinem Bauch zunimmt. Bei seinem Anblick wird mir ganz warm und ich spüre, wie sich auf meinen Wangen eine leichte Röte ausbreitet. Genauso wie früher - was Marc immer unheimlich sexy an mir fand. Benommen stehe ich da und sehe nur ihn. Sehe nur meine große Liebe. Sehe uns auf meinem Bett liegen, wild knutschend, seine Hände überall auf meiner Haut.

Ich sehne mich nach seinen warmen, weichen Lippen auf meinem Bauch und …

„Hi Hase."

Und plötzlich zerplatzt meine Seifenblase und ich komme wieder zu mir. Vor mir steht nicht Marc, der mich an sich zieht. Nein, es ist Andre, der seine warmen Hände auf meinen Rücken legt und mich zu sich zieht.

*

Andre

Okay, jetzt wird es peinlich. Jenna starrt Marc an wie ein Tiger sein Frühstück. Dass ihr der Sabber nicht aus dem Mund läuft, grenzt an ein Wunder. Die Kleine ist doch tatsächlich noch immer ganz verknallt in den Mann ihrer Schwester. Mein Blick huscht zu Vanessa. Auch ihr ist Jennas verknallter Gesichtsausdruck nicht entgangen. Gott, sie ist ja schlimmer dran, als ich gedacht habe, und aus irgendeinem Grund stört mich das. Vermutlich liegt es an meinem verletzten Ego, dass es einmal eine Frau gibt, die meinem Charme nicht sofort erlegen ist.

„Das musst du schleunigst ändern", denke ich mir und gehe zu Jenna.

Sanft berühre ich ihren Rücken und ziehe sie leicht zu mir.

„Hi Hase." Mit diesen Worten begrüße ich sie und berühre mit meinem Mund die Stelle zwischen ihren Ohrläppchen und dem Hals. Für eine Sekunde verharre ich so, um ihr ganz leise zuzuflüstern: „Du solltest mitspielen, denn selbst ein Blinder kann sehen, dass du noch immer in Marc verknallt bist, und das wird deiner Schwester nicht gefallen.“

Ich spüre, wie Jenna sich unter dem Gesagten versteift. Ihr Blick lässt von Marc ab und nun sieht sie mich an. Ihre Augen sind beinahe verzweifelt auf mich gerichtet und ich erkenne, wie aufgelöst sie ist.

„Lass mich nur machen. Okay?“

Zögerlich nickt sie. Schnell lege ich meine Hand an ihre Hüfte. Arm in Arm gehen wir zum Tisch.

„Also unseretwegen kann es losgehen“, versuche ich die angespannte Situation zu entschärfen. Vanessa taxiert Jenna kurz und nickt dann Marc zu. Dieser eilt zum Winzer, welcher kurz darauf mit einem Korb Weinflaschen zu uns kommt. Jenna starrt den Boden an, als ob sie hoffen würde, darin eine Lösung für ihr Problem zu finden. Stocksteif steht sie neben mir. Selbst, als der Winzer jedem von uns ein Glas mit Rotwein gibt, hat sich ihre angespannte Haltung nicht gelöst.

„Ein ganz edler Tropfen, Jahrgang …“ Der Winzer ist voll in seinem Element, Vanessa und Marc, die sich nun bereits zum vierten Mal küssen, nur um Jenna zu zeigen, dass Marc Vanessa gehört, lauschen aufmerksam. Bei jedem Kuss, den die beiden austauschen, zuckt Jenna zusammen, als ob sie jedes Mal einen Schlag abbekommen würde. Vermutlich bekommt ihr Herz das auch. Seltsamerweise trifft mich das und von Minute zu Minute werde ich wütender. Wütend auf Marc, der absolut keine Rücksicht auf die Gefühle seiner Ex nimmt.

„Und seit wann nimmst du Rücksicht?“, stelle ich mir die Frage im Stillen, auf die ich absolut keine Antwort weiß.

*

Jenna

„Ich schwebe“, höre ich mich leise kichern.

Ich fühle mich so gut wie schon seit einer Ewigkeit nicht mehr. Was vermutlich daran liegt, dass wir vier ziemlich viel getrunken haben.

„Ich glaube, ich muss mich gleich übergeben“, kommt in dem Moment die Stimme meiner Schwester vom anderen Ende des Kellers.

Leise kichere ich und sehe den Winzer an. Dieser lächelt leicht dümmlich vor sich hin. Wahrscheinlich denkt er, wir Frauen vertragen nichts. Aber das stimmt so nicht.

„Wenigstens haben wir die Weine für die Hochzeit.“

Marc stützt Vanessa, die vornübergebeugt an der Wand lehnt und aussieht, als ob sie wirklich jeden Moment dem Winzer eine Überraschung da lässt.

„Mir ist so schlecht“, stöhnt sie und schlingt ihre dünnen Ärmchen um Marc.

„Komm, Schatz.“ Er hebt sie etwas hoch und wendet sich dann an Andre: „Ich bringe meine Verlobte ins Bett.“

„Tu das.“ Andre nickt zustimmend.

„War nett, dich wiederzusehen, Jenna. Schlaf schön und träum süß.“

Marc schenkt mir sein bekanntes Grinsen, auch wenn es mich im Moment eher an die Katze aus Alice im Wunderland erinnert.

„War mir ein Vergnügen“, meine Hand winkt und winkt und winkt.

Marc schwankt mit Vanessa am Arm die Treppen hinauf und dann, Minuten später, fällt die Tür ins Schloss und die beiden sind weg.

„Okay, Hase. Komm, ich bringe dich nach Hause."

Andre umgreift mein Handgelenk, das immer noch kräftig der leeren Treppe zuwinkt.

„Och Menno, du Spielverderber", beschwere ich mich und gestatte Andre, mich am Arm zu führen.

„Auf Wiedersehen, Herr Baum", verabschiedet sich Andre und führt mich zur Treppe.

„Auf Wiedersehen", lalle ich und will wieder winken, doch Andre umgreift meine Hand und schiebt mich vor sich her. Schritt für Schritt erklimmen wir die Stufen.

„War die vorher auch schon so hoch?"; frage ich mich und höre mich kichern.

„Also, der Abend war doch …" Mit einer Hand halte ich mich am Geländer fest, mit der anderen Hand stütze ich mich auf Andre, der zwar hinter mir geht, aber sicherheitshalber seine Hand zur Verfügung stellt.

„Pass auf", bellt Andre, als ich vor lauter Plauderei eine Stufe übersehe.

„Schon gut. Kein Grund, mich so anzufahren. Was ist überhaupt los mit dir? Den ganzen Abend bist du schon so seltsam."

„Jenna, geh jetzt die verdammte Treppe hoch."

„Kein Grund, gleich so pampig zu werden."

Sanft schiebt Andre mich ins Freie und marschiert dann geradewegs mit mir auf sein Auto zu.

„Willst du etwa fahren?"

„Sieht wohl so aus." Andre verfrachtet mich auf den Beifahrersitz und knallt die Tür hinter mir zu.

„Aber du hast getrunken. Ich fahre nicht mit Betrunkenen“, antworte ich etwas verzögert.

„Falls es dir entgangen ist, ich habe nur an dem Wein genippt und nicht wie du und deine Schwester das ganze Glas geleert.“ Andre startet den Motor.

„Hmm.“ Das leuchtet ein. Ungeschickt greife ich nach dem Anschnallgurt, was mir nicht so recht gelingen mag. Denn da sind zwei. Zumindest sehe ich zwei. Aus einem Anflug von Ritterlichkeit greift Andre nach dem Gurt und schnallt mich an. Dabei beugt er sich viel zu nah zu mir, sodass ich den Duft seines Haares riechen kann.

„Danke.“

„Dafür nicht“, antwortet er und braust los.

Schweigend fahren wir und auch wenn ich angetrunken bin, spüre ich, dass Andre schlecht gelaunt ist. Er sagt nichts und aus dem Augenwinkel kann ich erkennen, dass seine Lippen zu einem dünnen Strich zusammengepresst sind. So, wie er dasitzt, bin ich mir absolut sicher: er ist sauer. Aber auf wen? Auf mich?

Die Stille zieht sich hin, bis wir schließlich vor dem Haus meiner Eltern ankommen. Obwohl ich immer noch gut angetrunken bin, kann ich etwas klarer denken. Was vermutlich daran liegt, dass Andre das Fenster während der Fahrt offen gelassen hat.

„Du hättest mich nicht nach Hause bringen müssen.“ Dieses Mal klappt es gut mit dem Anschnallgurt, welcher sofort aus der Verankerung springt.

„Natürlich muss ich das.“ Andre sieht mich nicht an. Sein Blick ist auf mein Elternhaus gerichtet.

„Gut. Trotzdem danke.“

„Gut. Nacht, Jenna.“

Ich sitze noch immer auf dem Beifahrersitz und versuche zu verstehen, warum sich die Luft im Auto anfühlt, als ob sie zum Zerreißen gespannt sei. Aber Andre will mich ganz offensichtlich so schnell wie möglich loswerden. Ungeduldig tippen seine Hände auf dem Lenkrad herum. Vielleicht hat er Angst, ich könnte mich in seinem teuren Auto übergeben.

„Nacht, Andre.“ Und dann steige ich aus seinem Wagen, schließe die Tür und bleibe stehen. Ohne mich noch einmal anzusehen, rauscht Andre an mir vorbei.

Im Haus herrscht angenehme Ruhe, nur das leise Klicken der großen Wanduhr im Flur ist zu hören, als ich Schritt für Schritt die Stufen zu meinem Schlafzimmer hochtorkle. Der rote Teppich fängt jeden meiner Schritte auf. Zum Glück. Allein der Gedanke, meinen Eltern oder sogar Ilse mitten in der Nacht zu begegnen, behagt mir gar nicht. Erst recht nicht, da ich wie ein verfaulter Rebstock rieche. Schnell husche ich in mein Zimmer, schließe die Tür hinter mir und lehne meinen Kopf an das kalte Holz. Noch einmal lasse ich den Abend Revue passieren, doch jede Erinnerung ist wie weggelöscht. Ich sehe nur Marc, wie er mich mit seinen moosgrünen Augen ansieht, wie er den Mund zu seinem speziellen Lachen verzieht. Der kleine Funke in meinem Magen ist bereit, wieder zu einer enormen Flamme heranzuwachsen.

„Du darfst dich nicht wieder in ihn verlieben“, flüstere ich in die Stille meines Zimmers und stoße mich von der Tür ab. Eilig schlüpfe ich aus meinem Kleid und knie mich auf den Boden. Meine Hand sucht den Weg unter das Bett zu dem losen Brett im Boden - meinem Versteck. Mit den Fingern hebe ich das Brett an und ziehe es zur Seite. Obwohl ich kaum etwas sehen kann, weiß ich, dass dort, in meinem Versteck, noch immer die Sachen meiner

Jugend liegen. Mein Tagebuch, ein Gedicht, welches ich Marc geschrieben, aber niemals gegeben habe, und nicht zuletzt die Tüte. Es ist die Tüte, die ich damals, bevor ich Marc und Vanessa bei ihrem Sushi-Dinner erwischt habe, bei mir trug. Meine Finger ziehen die kleine Plastiktüte heraus. Behutsam streiche ich darüber.

„Vielleicht wäre Marc noch mit mir zusammen, wenn ich ihm die Tüte ein paar Wochen früher gegeben hätte. Vielleicht wäre ich jetzt die glückliche Braut und nicht Vanessa“, flüstere ich in die Dunkelheit. Ich male mir aus, wie es hätte sein können. Marc und ich. Zusammen.

„Hätte ich ihm nur die Tüte früher gegeben.“

*

Andre

„Guten Morgen.“ Marc steht mit rot unterlaufenen Augen und wirren Haaren vor meiner Haustür.

„Morgen. Sicher, dass du joggen gehen willst?“ Prüfend sehe ich ihn an. Unsere gestrige Weinprobe steckt ihm noch unübersehbar in den Knochen.

„Der muss weg.“ Marc klopft leicht auf seinen Bauch und verzieht dabei sein Gesicht.

„Na dann. Allerdings bezweifle ich, dass du ihn bis zu deiner Hochzeit weg bekommst.“ Ich schnappe mir meinen Schlüsselbund und werfe die Tür hinter uns zu.

„Nur gut, dass du hier draußen wohnst“, ignoriert Marc meine Anspielung und greift sich an den Kopf.

„Kopfschmerzen?“ Ich kann mir ein Grinsen nicht verkneifen.

„Das auch.“

Schweigend nehmen wir den Weg, der direkt zum Wald führt. Von hier oben hat man einen wunderbaren Ausblick auf den See. Kleine weiße Boote schmücken das glitzernde blaue Wasser, tief sauge ich die Luft ein. Obwohl man den Geruch von Wasser hier oben nicht riechen kann, bilde ich mir trotzdem ein, dass die Luft eine andere ist.

Keine fünf Minuten später haben wir die ersten Bäume erreicht. Unsere Joggingstrecke führt uns tief in den Wald hinein, vorbei an einem kleinen See, der so dicht zugewachsen ist, dass man ihn kaum erkennen kann. Die Ruhe, die dieser Wald ausstrahlt, ist einfach unbeschreiblich. Was gut ist, denn in meinem Kopf herrscht leichtes Chaos. Die halbe Nacht habe ich mich gefragt, warum ich gestern Abend so unfreundlich zu Jenna war. Das sieht mir überhaupt nicht ähnlich.

„Sag mal, du und Jenna, was genau läuft da zwischen euch?“ Marc keucht um Atem ringend neben mir, während wir den kleinen Hügel hinauflaufen.

Im Vergleich zu Marc, der sich anhört wie ein Walross, geht mein Atem ruhig und gleichmäßig.

„Was meinst du?“

„Nun, ihr zwei seht nicht gerade frisch verliebt aus. Außerdem - du und eine Beziehung?“ Marc hält kurz inne, um Luft in seine Lungen zu saugen. „Seit ich dich kenne, hattest du nur flüchtige Affären. Was ist so besonders an Jenna, dass du dich bindest?“

Verflixt, genau das ist der Punkt. Wir sind nicht überzeugend genug. Das ist mir gestern auch schon aufgefallen. Aber was soll ich Marc nun antworten? Dass der Hase immer noch Gefühle für ihn hat? Sicher nicht.

„Jenna ist etwas schüchtern“, versuche ich aus der Nummer so gut es geht rauszukommen.

„Immer noch? Unglaublich.“ Marc bleibt neben mir stehen und schüttelt den Kopf.

„Was meinst du mit immer noch?“, hake ich nach.

„Das war sie schon bei mir. Du kannst dir nicht vorstellen, wie sie sich bei unserem ersten Kuss angestellt hat und dann erst …“

Schnell gehe ich weiter. Ich will nichts davon hören und schon gar nicht, was die zwei im Bett getrieben haben. Auf meiner Nase landet ein kleiner feuchter Tropfen. Ein Blick in den Himmel genügt, um unsere Tour schnellstmöglich fortzuführen. Über den dichten Baumkronen hängen dunkle Gewitterwolken. Ich beschleunige meine Schritte. Marc kommt keuchend in einem gewissen Abstand hinter mir her. Währenddessen versuche ich, die unanständigen Bilder, die mir seit ein paar Minuten im Kopf herumspuken, wieder loszuwerden.

„Und ihr liebt euch wirklich?“, will Marc hinter mir wissen.

Was soll die Frage? Hat er etwa vor, auszutesten, wie weit er mit ihr gehen kann? Auch wenn Marc mein Freund ist, noch einmal wird er nicht auf ihren Gefühlen herumtrampeln.

„Und wie“, kommt blitzschnell die Antwort und in Gedanken füge ich hinzu: „Jenna wird Marc vergessen. Und wenn es mich meine kompletten Verführungskünste kostet. Das schwöre ich.“

Nur verlieben darf sie sich nicht in mich. Aber für belanglosen Sex bin ich genau der Richtige, um sie Marc vergessen zu lassen.

Den halben Tag sitze ich nun schon an meinem Schreibtisch, um einen Entwurf für einen Kunden zu zeichnen. Schlecht gelaunt lasse ich den Stift in meiner Hand nun schon seit gefühlten Stunden kreisen. Noch immer ist das

Blatt vor mir leer und ein Stapel an zerknülltem Papier liegt im Papierkorb und davor herum. Mein Hirn will nicht richtig arbeiten. Erneut setze ich an, halte aber über dem Blatt inne.

„Ach, verdammt. Das bringt doch nichts“, schimpfe ich und werfe den Stift weg. Blitzschnell erhebe ich mich, greife nach meiner Lederjacke und verlasse mein Büro.

„Ruth, Sie können heute früher gehen. Ich bin erst morgen wieder da“, wende ich mich vor meiner Bürotür an meine Sekretärin, die mich von ihrem Schreibtisch aus verwundert ansieht.

„Alles in Ordnung?“, will sie wissen und überprüft erst ihre Armbanduhr und dann die Uhr an der Wand.

„Ja. Bis morgen.“ Krachend fällt die Tür hinter mir ins Schloss und ich eile über den Parkplatz auf mein Auto zu, wild entschlossen, dem Spuk um Jenna ein Ende zu bereiten.

*

Jenna

„Ich verstehe einfach nicht, warum es gerade diese Blumen sein müssen.“ Ilse setzt sich ihre Lesebrille auf die Nase und blickt die Zeitschrift vor sich genauer an.

„Das ist Vanessa. Nur das Beste vom Besten“, höre ich mich abfällig sagen und streiche den nächsten Floristen auf meiner Liste durch.

Ich bin wütend. Den halben Tag versuche ich jetzt schon, diese bescheuerten Blumen zu organisieren und höre doch immer nur dasselbe: „Es tut mir leid, aber diese Blumen sind so schwer zu bekommen. Leider können wir Ihnen nicht weiterhelfen, blablabla.“

Schon klar, dass Vanessa mir diesen Auftrag erteilt hat. Weil sie genau weiß, dass es unmöglich ist, diese Blumen aufzutreiben.

„Was ist denn mit denen da, die sehen doch fast genauso aus.“ Ilse schiebt mir die Zeitschrift zu und deutet mit ihrem Zeigefinger auf ein Bild.

„Ich habe noch drei Floristen auf meiner Liste.“ Langsam schüttele ich den Kopf.

„Warum tust du das?“

„Sie ist meine Schwester. Ich möchte, dass ihre Hochzeit schön wird“, höre ich mich sagen und spüre, wie sich der kleine Stachel in meinem Herz etwas tiefer gräbt.

„Das ist sie“, Ilse schiebt ihren altmodischen Sonnenhut zurück, „aber dankt sie es dir auch?“

„Ich schätze, dass …“ Weiter komme ich nicht, denn Ilse unterbricht mich: „Hör mal, ich weiß, dass es da etwas zwischen euch beiden gibt. Seit wir hier sind, siehst du so unglücklich aus.“

Niemandem, außer meiner lieben alten Vermieterin, scheint dies aufzufallen. Ich blicke mich in unserem Garten um. Auf den Sträuchern hängen noch kleine Wasserperlen von dem Gewitter am Morgen. Die Luft ist angenehm warm, nicht so heiß wie die letzten Tage.

„Vielleicht hilft es, wenn du darüber sprichst.“ Ilse greift nach meiner Hand und ihre knochigen alten Finger drücken zu. Allein dies genügt und ich kann nicht mehr an mich halten. Wie ein Wasserschwall sprudelt es nur so aus mir heraus: „Vanessa heiratet meinen Ex. Meine große Liebe. Ich habe die beiden zusammen erwischt, als wir noch ein Paar waren. Marc hat mich betrogen, mit meiner eigenen Schwester. Nun heiraten die beiden und ich…“

Ilse tätschelt meine Hand auch jetzt, als ich innehalte und die aufsteigenden Tränen hinunterschlucke.

„Wenn dieser Idiot dich tatsächlich für deine Schwester verlassen hat, dann hat er dich auch nicht verdient", antwortet sie mit ruhiger Stimme.

Ich greife nach dem Taschentuch auf dem Gartentisch und drücke es an meine Nase.

„Liebst du ihn denn noch immer?"

„Ich fürchte ja." Schnell wische ich mir eine Träne aus dem Auge, ich will meine bescheuerten Gefühle ignorieren. Und doch weiß ich, es ist zwecklos. Auch wenn ich Monate weg war und viele Kilometer uns getrennt haben, ich fühle noch genau wie am ersten Tag für ihn. In diesem Moment hält ein Auto vor dem Haus. Die Tür des Wagens wird so fest zugeworfen, dass man es durch den ganzen Garten hallen hört.

„Deine Eltern sind doch in der Stadt. Sie können unmöglich schon zurück sein." Ilse sieht mich fragend an. Ich möchte im Moment niemanden sehen. Weder meine Eltern noch Vanessa noch sonstigen Besuch.

„Soll ich den Besuch abwimmeln?" Ilse erhebt sich.

„Bitte."

Langsam geht sie von der Terrasse um das Haus herum nur, um gleich darauf wiederzukommen. Dicht gefolgt von Andre - auch das noch. Schnell wische ich mir die Tränen weg und hoffe, dass meine Wimperntusche nicht allzu sehr verschmiert ist.

„Hi", begrüße ich ihn und zwinge mich zu einem Grinsen.

„Hi Hase." Seine tiefblauen Augen sehen mich aufmerksam an.

„Mist, er hat meine Tränen gesehen", schießt es mir durch den Kopf.

„Möchten Sie auch Tee und ein paar Kekse?" Ilse mustert ihn von Kopf bis Fuß, dabei lächelt sie ihn freundlich an.

„Oh, das wäre sehr lieb von Ihnen." Andre schenkt ihr sein bezauberndes Grinsen. Ilses Lächeln wird noch breiter und eilig geht sie in die Küche, um Tee für unseren Gast zu kochen.

„Was führt dich her?"

Andre wartet, bis Ilse im Haus verschwunden ist, umrundet den Tisch und lässt sich neben mir in den freien Korbsessel fallen.

„Ich wollte dich sehen."

„Ah, na, das hast du ja jetzt getan. Kann ich dir sonst noch helfen?", kommt es nicht gerade freundlich von mir.

„Wir haben ein Problem, Hase." Andre ignoriert meinen etwas unpassenden Ton ihm gegenüber.

„Noch mehr Probleme?"

„So viele?" Andre sieht mich neugierig an.

„Vanessa will bestimmte Blumen und …", schwer seufzend werfe ich meine Hände in die Luft, „ach, vergiss es. Also, was liegt dir auf dem Herzen?"

„Marc glaubt uns nicht."

„Was?"

„Dass wir eine Beziehung haben. Du bist nicht überzeugend genug." Andre macht es sich in dem Sessel bequem. Seine muskulösen Arme liegen lässig auf der Lehne.

„Du strengst dich aber auch nicht wirklich an", zische ich ihm zu. Es ist nicht zu leugnen, dass Andre im Moment meine komplette schlechte Laune abbekommt.

„Nicht?“ Andre sieht mich an. Sein Blick gleitet in aller Ruhe von meinen Beinen nach oben, über meine Brüste zu meinem Hals, und bleibt schließlich auf meinem Mund liegen. Es ist mir unangenehm, so von jemandem angesehen zu werden, und doch spüre ich das leichte Prickeln auf meiner Haut. Schwer schluckend sitze ich da, rutsche unruhig auf meinem Sessel herum.

„Mache ich dich nervös?“, will er mit rauer, verführerischer Stimme wissen.

Ich ignoriere meinen beschleunigten Herzschlag und den Puls, der durch meinen Körper rast. Was um alles in der Welt tut er da? Er sieht mich nur mit seinen unbeschreiblichen Augen an und ich muss an mich halten, um ihm nicht einfach auf den Schoß zu klettern und ihn zu küssen.

„Reiß dich zusammen“, bellt mir meine Vernunft zu. Doch dann ist da noch eine andere Stimme, die sagt: „Jede Frau würde töten, um diese Lippen einmal zu berühren.“

Ich starre seinen Mund an, der mich so verlockend anlächelt. Ich will es. Ich will ihn küssen. Ich will die Bilder von Marc und Vanessa kurz vergessen. Bevor ich handeln kann, schiebt er meinen Sessel heran, ergreift meine Unterarme und zieht mich zu sich. Ob es an seiner Kraft oder an meinem schwachen Willen liegt, ist schwer zu sagen. Denn plötzlich sitze ich rittlings auf seinem Schoß. Seine warmen, weichen Hände umgreifen meinen Nacken und ziehen mich kaum spürbar näher zu seinem Mund. Willenlos folge ich ihm. Und dann fühle ich seinen warmen Atem auf meinem Gesicht, seine Lippen kommt immer näher. Ich schließe die Augen und will das Gefühl mit jeder Faser meines Körpers genießen.

„Strenge ich mich immer noch zu wenig an?“, höre ich von weit weg seine Stimme flüstern.

„Waaaaaaaaaaaas? Ich …“ Meine Augen öffnen sich und ich sehe sein breites Grinsen, einen Zentimeter von mir entfernt.

„Du verdammter …“ Meine Hände stützen sich an seinem Oberkörper ab und drücken mich von ihm weg.

Doch Andre reagiert pfeilschnell und presst mich dichter an sich: „Nicht so schnell, Hase.“

Und dann, bevor ich recht kapiere, was geschieht, drückt er seine weichen Lippen auf meine. Seine Zunge fordert ungestüm Einlass in meinen Mund. Das alles geht so rasant schnell, dass ich gar nicht recht begreife. Sein Kuss ist anders, als ich erwartet habe. Wild, stürmisch - genau das Gegenteil von meinen bisherigen Kusserfahrungen. Weder sanft noch langsam. Seine Zunge tanzt um meine und ich kann nicht anders als ihm zu folgen. Ich spüre seine Hände, die mich auf seinen Schoß drücken. Seine Zunge zieht sich zurück, nur, um gleich darauf wieder nach vorne zu preschen. Und meine Zunge folgt ihm bereit und willig. So schnell der Kuss kam, so schnell endet er auch wieder. Andre schiebt mich sanft von sich, stellt mich auf meine wackligen Beine und erhebt sich. Ohne ein Wort geht er und lässt mich schwer atmend zurück. Völlig neben mir sehe ich ihm nach, wie er ums Haus verschwindet.

„Musste Andre schon gehen?“, Ilse tritt neben mich und sieht zu dem Sessel, auf dem Andre eben noch saß.

„Ähm ja.“ Mehr bringe ich nicht heraus und berühre mit den Fingerspitzen meinen Mund, auf dem ich immer noch Andres Lippen spüre.

Der Kuss hat mich komplett aus der Bahn geworfen. Seit Jahren hatte ich nicht mehr dieses Gefühl, welches er in mir hervorgerufen hat. Verlangen!

An die verbleibenden Telefonate mit den Floristen ist nicht mehr zu denken. Stattdessen ziehe ich mich in mein Zimmer zurück und schreibe Vanessa eine SMS, in der ich ihr mitteile, dass die Blumen nicht aufzutreiben sind. Als Antwort bekomme ich:

Dann muss ich mich eben selbst darum kümmern! Könntest du mit Andre dann wenigstens die Hochzeitseistorte bei Giovanni probieren?

Schnell antworte ich, denn auf ein Treffen allein mit Andre bin ich nach diesem Kuss nicht mehr bereit:

Sollte das nicht lieber das Brautpaar erledigen? Schließlich muss die Eistorte in erster Linie euch schmecken!

Kaum eine Minute später piepst mein Handy erneut:

Keine Zeit! Die einzelnen Sorten haben wir bereits probiert. Allerdings noch nicht das komplette Werk. Andre hat zugestimmt, dich morgen um 16 Uhr abzuholen.

Wütend, dass sie einfach über meinen Kopf hinweg entscheidet, schleudere ich das Handy auf mein Bett. Ich versuche den Kuss und das darauf folgende Verlangen nach Andre aus meinem Gedächtnis zu verbannen. Doch ich habe absolut keine Chance. Auf der einen Seite bin ich froh, nicht mehr an Marc und meine Schwester denken zu müssen, doch auf der anderen Seite kann ich eine Schwärmerei für einen Playboy im Moment noch weniger gebrauchen als alles andere.

Seit dem Mittagessen laufe ich aufgeregt in meinem Zimmer auf und ab. Der Gedanke, gleich Andre gegenüberzutreten, macht mich sichtlich nervös. Ich habe keine Ahnung, wie ich mich verhalten soll. Dieser Kuss, der so nicht geplant war, spukt noch immer in meinem Kopf herum. Ich versuche, meine Gedanken auf etwas anderes zu lenken, was mir allerdings mehr schlecht als recht gelingt. Und dann höre ich ein Auto in unserer Einfahrt halten.

„Andre“, flüstere ich, schnappe mir meine Tasche und eile aus dem Zimmer. Bevor ich die Haustür öffne, atme ich noch einmal tief durch, straffe meine Schultern und gehe hocherhobenen Hauptes nach draußen. Dort steht Andre lässig an seine Autotür gelehnt und schenkt mir sein Aufreißerlächeln.

„Das zieht bei mir nicht!“, befehle ich mir und unterdrücke das Lächeln, welches mir bei seinem Anblick über das Gesicht huschen will.

„Pünktlich auf die Minute“, begrüße ich ihn gelassen, schlendere um seinen Wagen herum und steige ein.

„Einen wunderschönen guten Tag, Hase. Wie war dein Morgen?“, gibt er freundlich zurück und macht es sich auf dem Fahrersitz bequem.

„Bis jetzt gut.“

Andre ignoriert meine schnippische Bemerkung und während wir zu Giovanni fahren, pfeift er gut gelaunt vor sich hin. Kein Wort verliert er über unseren Kuss. Nichts. So, als ob es ihn gar nicht gegeben hätte. Aber falls er denkt, ich spreche ihn darauf an, kann er lange warten!

„So gut war er nun auch wieder nicht“, rede ich mir im Stillen ein.

Vor dem Eiscafé halten wir und Andre hat noch nicht einmal den Motor abgestellt, als ich das Auto fluchtartig verlasse.

„Da hat es aber jemand besonders eilig“, flötet er mir hinterher.

„Ja, um schnellstmöglich wieder deiner Gesellschaft zu entkommen“, denke ich.

Ohne auf ihn zu warten, betrete ich das Eiscafé und begrüße Giovanni. Seit meinem letzten Besuch in dem Lokal hat sich einiges verändert. Anstelle der alten, abgewetzten Ledersessel, bei denen man Angst haben musste, dass sie jeden Moment unter einem zusammenkrachen, stehen nun neue Korbmöbel mit weißen Kissen bereit. Die Tische sind zwar etwas kleiner als die alten, passen aber besser zum Ambiente als die damaligen Metalltische. Auch in puncto Dekoration hat sich einiges getan. Früher war alles vollgestellt mit Dingen, die in ein Antiquitätengeschäft passen, nicht aber in ein gut besuchtes Eiscafé. Ein Räuspern unterbricht meine Musterung des Lokals.

„Ah ja, ihr seid da, um die Hochzeitstorte zu probieren. Bitte folgt mir“, antwortet der kleine rundliche Giovanni und geleitet uns zu einem Tisch, der etwas abseits von den anderen steht.

Andre setzt sich mir gegenüber hin und lehnt sich selbstbewusst im Sessel zurück. Einen Arm legt er lässig auf die Lehne. Als er dann noch die Frechheit besitzt, mir zuzuzwinkern, muss ich stark an mich halten, um ihm nicht gleich wieder etwas an den Kopf zu schleudern. Während der Italiener davoneilt, um uns mit seiner Eistorte zu beglücken, sieht Andre mich durchdringend an. Seine Blicke sind mir unangenehm und nervös fahre ich mir durch das Haar, obwohl ich mir immer wieder sage, dass ich ihm nicht zeigen sollte, dass er mich nervös macht. Wieso sagt er denn nichts? Warum sieht er mich nur so an?

„Ist was?“, herrsche ich ihn gereizt an und bete, Giovanni möge endlich seine sagenumwobene Eistorte bringen.

„Darf ich denn eine hübsche Frau nicht ansehen?“

„Spar dir deine Anmachsprüche für deine Dates auf“, schleudere ich ihm entgegen und bin froh, den Italiener mit seinem Meisterwerk um die Ecke kommen zu sehen.

„Es ist eine Mini-Variante. So wird die richtige Torte natürlich nicht aussehen. Hier geht es nur um den Geschmack“, erklärt er uns, während er die Eismasse teilt und auf zwei Teller gibt.

„Apropos Date. Ich finde, es ist langsam an der Zeit, dass du und ich ausgehen“, antwortet Andre in diesem Moment, ohne auf Giovannis Hand zu achten, die ihm den Teller mit dem seltsam aussehenden Eisklumpen entgegenstreckt. Vor Schreck über seinen absurden Vorschlag lasse ich beinahe meinen Teller fallen. Gerade noch rechtzeitig kann ich ihn und das Eis unversehrt auf dem Tisch abstellen. „Sicher nicht.“

Dabei achte ich nicht auf Giovanni, der immer wieder zwischen Andre und mir hin und her sieht.

„Aber Hase, so wird das nichts mit uns beiden.“

„Das soll es auch nicht. Wir beide haben einen Deal. Mehr nicht.“

Giovanni schiebt Andre den Teller zu und entschuldigt sich mit einer fadenscheinigen Ausrede. Wütend stochere ich mit meinem Löffel in den Eishaufen aus Schokolade, Vanille, Kirsche und weiß der Geier was noch alles.

„Was ist denn so schlimm an einem Date mit mir?“, will Andre wissen, ohne seinen Teller anzurühren.

„Nichts, bis auf die Tatsache, dass ich nicht mit dir ausgehen will.“

„Bist du dir sicher? Der Kuss hat dir doch gefallen.“

„Ich bin mir absolut sicher.“ Dabei gehe ich nicht auf den Kuss ein. Stattdessen würge ich das Eis herunter. Die zusammengewürfelten Geschmacksrichtungen aus Schokolade, Kirsche, Ananas, Haselnuss und diversen anderen sind eine Beleidigung für jeden Geschmacksnerv. Suchend blicke ich mich nach einer Serviette um, damit ich den Rest hineinspucken kann.

„Ich möchte den Kuss wiederholen“, gibt er unverblümt von sich und fügt hinzu, „und nicht nur das. Ich denke, du könntest etwas Ablenkung gebrauchen, nach all den Strapazen mit der Vorbereitung. Was wäre hierfür also besser geeignet als Sex?“

Das Wort Sex genügt nun endgültig, um das restliche Eis in meinem Mund nicht heruntergeschluckt zu bekommen. Hustend versuche ich es, bis der Kloß schließlich den Weg hinab in meine Speiseröhre findet. Dabei spüre ich, wie meine Ohren rot zu leuchten beginnen. Ein sicheres Zeichen, dass ich vor Verlegenheit am liebsten unter den Tisch kriechen möchte.

„Soll ich dir helfen?“ Andre erhebt sich.

„Behalte deine Hände bloß bei dir.“ Ich wische mir mit einer Serviette den Mund ab und flüstere kaum hörbar: „Sex werden wir beide niemals haben.“

„Da wäre ich mir an deiner Stelle nicht so sicher. Ich bekomme jede Frau, die ich möchte."

„Tja, mich nicht."

„Sicher? Brauchst du mich etwa nicht mehr als deinen „Freund"?"

„Willst du mich etwa erpressen?!" Fassungslos sehe ich ihn an. In diesem Moment schlendert Giovanni auf unseren Tisch zu.

Andre zuckt mit den Schultern, wendet seinen Blick von mir ab und probiert nun ebenfalls das Eis. Kaum hat der Löffel seinen Mund verlassen, verzieht er auch schon sein Gesicht.

„Ich hoffe, du erstickst daran", will ich ihn anzischen, behalte die bösen Wünsche aber für mich.

Andre schiebt den Teller zurück, deutet mit dem Kopf auf Giovanni, der nur noch wenige Schritte von uns entfernt ist, und flüstert: „Dein Part."

*

Andre

Es war ein Scherz. Zugegeben, ein verdammt blöder. Wenn ich Jennas Gesichtsausdruck richtig deute, hat sie ihn auch nicht verstanden. Stumm sitzt sie neben mir, die Arme fest um sich geschlungen. Ihr Mund ist zusammengepresst und ihr Blick geht starr ins Leere. Glaubt sie wirklich, dass ich es nötig habe, sie zum Sex zu zwingen? Ich!

Es gibt einige Dinge in meinem Leben, die mir wirklich leicht fallen. Unter anderem, mir die Frauen bereitwillig ins Bett folgen zu lassen. Oder besser gesagt, ich hüpfe in ihr Bett. Denn es gibt keine Frau, die ich jemals in mein

Schlafzimmer mitgenommen habe. Aus zwei Gründen: erstens bin ich es, der die Frauen bei einem One-Night-Stand nach dem Sex verlässt und nicht umgekehrt. Nicht auszudenken, ich müsste meine Gespielin bitten, nach dem Akt zu gehen. Zweitens teile ich mein Schlafzimmer, mein Bett, mit niemandem.

„Jenna, hör mal …“, versuche ich das Thema erneut anzusprechen. Doch diese fährt mitten im Satz dazwischen: „Ich will nichts hören.“

„Ich wollte dir doch nur sagen, dass …“

„Andre, bitte. Nutz meine Situation nicht noch mehr aus.“

Bilde ich es mir nur ein oder wirkt sie wirklich geknickt?

In diesem Moment halten wir vor ihrem Elternhaus und mir fällt sofort der silberne Audi A4 mit Münchner Kennzeichen auf. Schon das zweite Mal an diesem Tag kann es Jenna kaum erwarten, aus meinem Auto zu kommen.

„Bye“, ruft sie mir zu.

Doch so leicht lasse ich mich nicht abwimmeln. Schnell folge ich ihr und kann gerade noch die Haustür, die hinter ihr ins Schloss fallen will, aufhalten. Jenna dreht sich zu mir um und bevor sie mich vermutlich rauswerfen kann, ertönt die besorgte Stimme ihrer Mutter: „Jenna Liebling, du hast Besuch.“

Jenna dreht sich um, ohne mich noch eines Blickes zu würdigen. Ich folge ihr ins Wohnzimmer. Neben Jennas Mutter, die blass aussieht und Jenna verdutzt anblickt, sitzt ein blonder Mann, kaum älter als Jenna selbst. Vielleicht sogar etwas jünger. Sein kurzes Haar, welches mit hellblonden Strähnchen aufgepeppt ist, hat er modisch auf eine Seite gelegt und mit Haargel befestigt. Seine blassblauen Augen sehen erfreut aus und auf seinen Lippen und dem glattrasierten Gesicht erscheint ein Lächeln, was aber mehr aufgesetzt als echt wirkt. Langsam erhebt er sich und schlendert auf Jenna zu. Seine modische, graue Stoffhose und das dunkelblaue Hemd sind ihm etwas zu groß.

„Vielleicht solltest du öfter in die Muckibude“, denke ich mir und starre ihn weiter an. Woher kennt Jenna diesen Typen, der aussieht wie Mutters Lieblingsschwiegersohn? Er hat so weiche Gesichtszüge, dass ich mich frage, ob er überhaupt ein Mann ist. Jenna steht wie erstarrt da.

„Begrüßt man so seinen Bekannten?“, wundere ich mich und würde Jenna am liebsten fragen, wer dieser Typ ist, dessen Parfüm schwer in der Luft liegt.

„Hi Schatz“, kommt es auch schon von ihrem Bekannten, der in diesem Moment nach Jennas Händen greifen will. Hat der Typ Jenna eben Schatz genannt? Völlig verdutzt stehe ich da und auch Hase kann sich nicht bewegen. Jetzt zwinkert der Typ ihr auch noch zu.

„Was geht hier vor?“, flüstere ich Jenna zu.

Betretenes Schweigen. Nur Ilse, die in der Ecke sitzt, blickt nun von ihrer Zeitschrift auf und fragt: „Möchte jemand Tee und Kekse?“

*

Jenna

Oh Gott. In welches Chaos bin ich nun wieder geraten? Ich habe das Gefühl, als ob alle Augen erwartungsvoll auf mir liegen würden. Was sie vermutlich auch tun. Nervös trete ich von einem Bein auf das andere, blicke auf das Familienfoto an der Wand und hoffe, darin eine Lösung zu finden. Ich kenne diesen Menschen nicht. Ich habe ihn noch nie zuvor gesehen und doch muss ich keine Rätsel raten, um zu wissen, wer der Kerl ist.

Die liebe Frau Seemann hat sich meine Wünsche wohl sehr zu Herzen genommen. Der Typ entspricht in etwa dem Mann, welchen ich ihr in Auftrag gegeben habe. Auch wenn er nicht ganz meinen Geschmack trifft in den teuren Markenklamotten und mit dem Gesicht eines Milchbubis. Eine warme weiche Hand, die auf meinem unteren Rückenbereich zum Liegen kommt, sagt mir, dass ich nun handeln soll. Das betretene Schweigen aller Anwesenden macht mir meine Situation nur noch deutlicher.

„So Jenna, nun schau, wie du aus dem Schlamassel wieder rauskommst“, fordert mich meine innere Stimme auf, „sag was! Sag irgendwas, um nicht länger dazustehen wie ein Trottel.“

„Ähm hi.“ Ich strecke dem Typen mir gegenüber die Hand hin, welche er verdutzt ergreift und mich fragend ansieht.

„Was Besseres fällt dir nicht ein?“, höhnt meine innere Stimme und verdreht genervt die Augen.

„Jenna, möchtest du uns bitte vorstellen?“ Mum sieht mich anklagend an.

Oh Gott. Ich stecke mehr als nur hüfthoch im Schlamassel. Nervös beginne ich an meinen Haaren zu spielen. Am liebsten würde ich auf der Stelle losheulen. Was soll ich denn jetzt tun?! Mein Magen fühlt sich an, als ob er jeden Moment eine Etage tiefer rutschen würde. Meine Beine zittern, sowie meine Hände, die beinahe panisch meine Haare herumzwirbeln.

„Jenna!", kommt es nun drohend von meiner Mum.

„Einen kleinen Moment." Blitzschnell drehe ich mich um, schnappe nach Andres Hand und ziehe ihn ein paar Schritte vom Geschehen weg. Auf Zehenspitzen beuge ich mich so nah zu ihm, dass kein Blatt mehr dazwischen passen würde. Doch dieser sieht noch immer zu Milchbubi rüber. Und dann höre ich mich in meiner Verzweiflung leise in sein Ohr flüstern: „Andre, du musst mir helfen! Ich werde auch mit dir schlafen, aber bitte hilf mir!"

Andre scheint seinen Ohren nicht zu trauen. Sein Kopf fährt so schnell zu mir rüber, dass ich beinahe ins Straucheln komme, nur um nicht von ihm getroffen zu werden. Seine Augen, die mich direkt ansehen, weiten sich, sein Mund steht vor Erstaunen offen: „Was?"

„Meinetwegen nimm mich als dein Sexkätzchen, aber bitte hilf mir. Dieser Typ ist mein gebuchter Mann und …"

„Sexkätzchen?", wiederholt Andre perplex. Sein Blick ist nicht nur erstaunt, nein, er wirkt beinahe so, als ob er neben sich stehe.

„Ja. Ich weiß nicht, wie ich aus der Nummer rauskommen soll und …"

Andre sieht mich immer noch an, als ob mir ein Horn aus dem Kopf wachsen würde.

„Bitte", flehe ich ihn an und greife nach seiner Hand, um sie zu drücken.

„Oh Mann." Andre fährt sich durch sein blondes Haar. „Na gut", stimmt er zögerlich zu.

„Vielleicht stelle ich mich lieber vor“, höre ich nun Milchbubi sagen, „mein Name ist Tim und ich bin der …“

„Ex von Jenna.“ Andre zieht mich hinter sich her, wieder direkt ins Wohnzimmer.

Tim scheint die Welt nicht mehr zu verstehen. Man kann sehen, wie die Rädchen in seinem Kopf arbeiten.

„Du solltest jetzt gehen, Tim“, kommt es nicht gerade freundlich von Andre.

„Aber, das ist ein Missverständnis. Jenna Winter und ich, wir haben …“ Tim greift in seine Hosentasche, um dort ein zusammengefaltetes Blatt herauszuziehen. „Hier steht, dass …“

Weiter kommt er nicht. Denn Andre greift blitzschnell nach Tims Ellbogen, um ihn aus dem Wohnzimmer zu schieben.

„Komm Tim, wir klären das draußen.“ Andre schiebt den völlig verwirrten Tim aus dem Raum. Erst jetzt spüre ich, dass ich die ganze Zeit über die Luft angehalten habe. Deutlich hörbar stoße ich den Atem aus. Doch bevor Tim und Andre aus dem Haus sind, sagt Tim: „Aber mein Geld will ich trotzdem haben.“

„Geld? Was für Geld?“ Mum, die die Situation mit genauso verwundertem Gesichtsausdruck beobachtet hat wie Ilse, sieht mich an. Ihre Augen hat sie fragend auf mich gerichtet. Ihr Blick ist genauso wie früher. Genau wie damals, als ich ihr verschwiegen habe, dass ich unserem Nachbarsjungen Bernd eine gescheuert habe, weil er mich ungefragt geküsst hat. Als damals Bernds Mutter mit dem ziemlich lädierten Jungen im Schlepptau auf unserer Schwelle aufgetaucht ist, um meiner Mutter eine Entschuldigung zu entlocken, weil ihr Sohn bei dem Sturz ziemlich blöd auf den Arm gefallen ist und sich dabei den Unterarm gebrochen hat, hat sie mich genauso angesehen. Genau dieser fragende Blick. Nichts scheint ihr zu entgehen und ich spüre, dass mein Plan droht, in unzählige Einzelteile zu zerfallen. Ich könnte jetzt auf der Stelle losheulen. Es war eine bescheuerte Idee von mir zu glauben, dass alles gutgehen würde und dass niemand hinter mein Geheimnis kommt. Der Albtraum wiederholt sich ein zweites Mal. Ich sehe schon die Nachbarn, Mums Freundinnen und alle, die zur Hochzeit eingeladen sind, mit dem Finger auf mich zeigen.

„Das ist die kleine Jenna, die es nötig hat, einen Mann zu mieten. Kein Wunder, dass Marc sie verlassen hat …“, in Gedanken höre ich bereits diese Sätze.

„Jenna, ich denke, du solltest ihnen die Wahrheit sagen“, ertönt jetzt auch noch Andres gelassene Stimme.

Waaaaas? Entgeistert starre ich ihn an. Ist das sein Ernst? Nachdem ich mich als seine persönliche Sexmieze angeboten habe? Jetzt fällt er mir so in den Rücken, nur weil das Wort Geld gefallen ist? Etwas mehr hätte ich von Andre und seinem Einfallsreichtum doch erwartet.

Acht Augen sind nur auf mich gerichtet. Ich fühle mich von Sekunde zu Sekunde unwohler in meiner Haut. Kurz überlege ich, durch das Fenster zu flüchten.

Und dann? Willst du dein ganzes Leben auf der Flucht sein?

Ich muss etwas sagen. Mum tippt schon ganz ungeduldig mit ihren Zehenspitzen auf dem Boden herum.

„Also … das alles ist irgendwie blöd gelaufen …“, stottere ich planlos los.

„Was Jenna euch eigentlich sagen will, ist, dass sie Tim gemietet hat.“ Ohne mit der Wimper zu zucken, kommt Andre auf den Punkt. In diesem Moment habe ich nur noch einen Gedanken: „Wie viele Jahre bekommt man für einen Mord?“

Mein Mund öffnet sich, schließt sich und öffnet sich erneut. Ich muss aussehen wie ein Fisch - ein ziemlich wütender Fisch.

„Jenna hat Tim für Vanessa gemietet. Für ihren Junggesellinnenabschied.“ Andre spricht einfach weiter: „Ihr wisst schon. Das ganze Programm mit Striptease.“

Eben dachte ich noch, das Chaos hätte bereits seinen Höhepunkt erreicht, doch weit gefehlt. Nach diesem Satz geht es erst richtig los.

„Aber Jenna, ich denke nicht, dass so etwas zu Vanessa passt“, meint meine Mum stirnrunzelnd.

Tim sieht aus, als ob er sich erst einmal vergewissern müsste, dass er überhaupt wach ist.

Zum guten Schluss noch Ilse: „Gibt es für diese Junggesellinnenfeier eine Altersbegrenzung?“

Ich greife nach Andres Händen und drücke dem verdutzt Dreinblickenden einen Kuss mitten auf den Mund. Niemanden scheint es zu interessieren. Alle sind damit beschäftigt, die neue Situation zu verdauen.

„Und für was war der?“ Andre lächelt mich verschmitzt an.

„Du hast mein Leben gerettet.“

„Jetzt übertreibst du aber.“ Seine Hand liegt noch immer auf meiner Hüfte. Seltsamerweise fühlt sie sich richtig gut da an. Beinahe genieße ich es. Mehr als ein Kopfschütteln bringe ich in diesem Moment nicht fertig, denn ich habe große Mühe, mit meinem wild pochenden Herzen klarzukommen.

„Wie du meinst. An so ein Danke könnte ich mich gewöhnen“, zwinkert Andre mir zu, dabei verzieht sich sein Gesicht wieder zu dem üblichen Playboygrinsen.

Es trifft mich wie ein Schlag. Obwohl es nur ein einfacher Satz von Andre war, wird mir just in diesem Moment klar, auf was für einen Deal ich mich eingelassen habe. Sexkätzchen, das Wort hallt wie ein Echo in meinen Ohren.

„Alles klar?“ Andre muss gespürt haben, wie ich mich versteife.

„Klar.“ Mehr bringe ich nicht heraus und befreie mich aus seiner Umarmung.

„Gut, denn morgen gehen wir beide zusammen aus“, Andre nickt mir zu, „und um Tim kümmere ich mich. Vielleicht besteht die Möglichkeit, ihn tatsächlich für euren Junggesellinnenabschied zu mieten.“

Meine Kehle fühlt sich staubtrocken an: „Wieso habe ich mich nur als Sexkätzchen angeboten? Warum?“

Kapitel 6

*

Jenna

In Gedanken geißele ich mich noch immer, als ich wenig später, nachdem Andre und Tim uns verlassen haben, in meinem Zimmer ankomme. In voller Montur werfe ich mich auf mein Bett, greife nach dem roten herzförmigen Kissen und schlage es mir immer und immer wieder auf den Kopf.

„Ich, eine persönliche Sexsklavin!" Ein hysterisches Lachen entweicht meiner Kehle. Die Vorstellung ist genauso absurd wie der Wunsch, Marc würde Vanessa für mich verlassen. Lächerlich!

Wie komme ich aus dieser Nummer bloß wieder raus? Automatisch greift meine Hand zu der Tafel Schokolade, die ich vorsichtshalber, um meine Nerven zu beruhigen, in meinem Nachttischschrank aufbewahre. Meine Finger reißen die Verpackung auf, brechen die Tafel in unzählige Einzelteile und schieben ein großes Stück davon in meinen Mund. Der Geschmack von Milch und Kakao beruhigt mich nicht wirklich. Auch wenn es auf meiner Zunge ein paar Hormone auszulösen scheint, aus Glück sind die nicht!

Ich stelle mir vor, wie ich vor Andre stehe. In Unterwäsche. Hier liegt schon das erste Problem. Außer funktioneller Sportunterwäsche besitze ich nichts - keinen Tanga, keine heißen Spitzenhöschen, nichts.

„Stimmt nicht ganz", verbessere ich mich selbst. Da ist immer noch der schwarze Tanga, der mit einem kleinen silbernen Herz auf der Vorderseite. Allerdings ist das gute Stück schon über drei Jahre alt. Nur ein einziges Mal habe ich ihn getragen. An dem Tag, an dem sich mein Leben verändern sollte.

Nur nicht so, wie ich es mir gewünscht hatte.

*

Andre

Die Haustür fällt mit einem Schlag ins Schloss, und während ich aus meiner Lederjacke schlüpfe, die kurz darauf auf dem Boden landet, drücke ich im Vorbeigehen den blinkenden Knopf meines Anrufbeantworters. Die übliche Ansage erklingt und ich gehe in die Küche, öffne meinen Kühlschrank und greife nach einer Bierflasche.

„Hi Andre, hier ist Laura. Ich bin wieder im Lande und will dich sehen!“, beschallt eine hohe weibliche Stimme meinen Wohnraum. Ich kann mir beim Gedanken an sie ein Grinsen nicht verkneifen. Laura ist Marcs kleine Schwester. Sie ist in der Modelbranche tätig, bildschön, kaum 20 Jahre alt und so scharf auf mich, dass man manchmal beinahe Angst bekommen könnte. Mit einem „Plop“ springt der Bierdeckel ab und ich lasse mich auf mein schwarzes Ledersofa fallen.

„Ruf mich an. Ich warte auf dich!“ Mit diesen Worten legt sie auf. Die Kleine ist echt hartnäckig. Nur zu gut weiß ich, dass es, wenn ich mich nicht melde, nicht bei diesem einem Anruf an diesem Tag bleiben wird. Und so wähle ich ihre Nummer, gleich beim dritten Klingeln nimmt sie ab: „Andre, hey!“

„Hallo Laura. Wie war Mailand?“ Ich nehme einen großen Schluck des kühlen, malzigen Getränkes.

„Ich will nicht über Mailand reden. Ich will dich zwischen meinen Schenkeln“, wispert sie verführerisch in den Hörer.

Beinahe verschlucke ich mich an dem Bier: „Laura, wir sollten das nicht tun. Wenn Marc das mitbekommt, dann …“

„Was interessiert mich mein Bruder? Jetzt stell dich doch nicht so an und komm vorbei. Bei unserem letzten Treffen waren wir uns doch einig, dass Marc nie etwas davon erfahren wird. Komm schon, ich warte im Pool auf dich.“ Ihre Stimme klingt noch arroganter als beim letzten Mal, doch das ist mir egal. Schließlich will ich mich nicht mit ihr unterhalten. Oh Mann, wenn die Kleine nicht so heiß wäre, dann hätte ich einfach aufgelegt.

„Gib mir eine halbe Stunde.“

„Beeil dich.“ Mit diesen Worten beendet sie das Gespräch.

„Oh Mann.“ Ich schüttele den Kopf und schlendere zu meinem lichtdurchfluteten Badezimmer, um mich noch kurz zu duschen.

Der Dampf des heißen Wassers beschlägt die Duschkabine, als ich mich unter den Wasserstrahl stelle. Mit geschlossenen Augen lasse ich mich vom Wasser erwärmen, greife nach meinem Duschgel und seife mich von Kopf bis Fuß ein. Vor meinem inneren Auge sehe ich Laura, wie sie mit ihrem perfekten Körper auf der Liege am Pool entspannt und auf mich wartet. Unanständige Bilder dringen in meinen Kopf und gerade, als ich mir Laura auf mir vorstelle, verschwimmt das Bild und ich sehe ein anderes. Erschrocken fällt mir das Duschgel, mit dem ich mich ein zweites Mal einseifen wollte, aus der Hand und kommt krachend auf dem Boden auf. Mit zusammengekniffenen Augen blicke ich nach unten auf die kleinen Schaumblasen, die um meine Zehen herum tanzen. Je länger ich hier stehe und den Boden anstarre, desto stärker werde ich von einem seltsamen Gefühl ergriffen, welches mir sagt, dass es falsch sei, mich mit Laura zu treffen.

„Das ist doch Blödsinn“, fluche ich leise, stelle das Wasser ab und greife nach dem flauschigen Handtuch, um es an meiner Hüfte zu verknoten.

Das Wasser tropft von meinen Haaren hinab auf meine Brust und ich stehe vor meinem beschlagenen Spiegel, wische ihn mit der Handfläche frei und blicke mir dabei in die Augen.

„Reiß dich zusammen“, befehle ich meinem Spiegelbild und verbanne das ungute Gefühl in mir. Bevor ich noch mehr ins Grübeln komme, trockne ich mich rasch ab und schlüpfe in frische Sachen. Mit meiner Lederjacke unterm Arm und dem Autoschlüssel in der Hand verlasse ich das Haus und steige in meinen Wagen. Mit quietschenden Reifen brause ich davon.

*

Jenna

„Das ist doch lächerlich.“ Mit zusammengekniffenen Augen betrachte ich mein Spiegelbild. Egal, in welche Richtung ich mich auch drehe, das Bild wird nicht besser. Eigentlich sollte ich mir wie ein heißer Feger vorkommen, doch stattdessen fühle ich mich wie ein nasser Lappen.

„Vielleicht, wenn ich den Bauch etwas einziehe.“ Mit angehaltenem Atem betrachte ich mich von der Seite. Das schwarze, spitzenbesetzte Negligé sitzt so zwar besser, aber wie soll ich auf Dauer Luft bekommen? Es war eine saublöde Idee, mir in dem Dessousgeschäft etwas zu kaufen, nur um wenigstens nach außen das Bild einer wilden Sexmieze abzugeben. Wütend werfe ich mein langes blondes Haar über die Schulter, fahre mir mit der Zunge über den Mund und versuche, eine sexy Pose einzunehmen.

Wenn Andre mich so sieht, sucht er bestimmt sofort das Weite. Mein Spiegelbild macht sich komplett zum Affen. Ich habe noch genau 25 Minuten Zeit, um mich anzuziehen und zu schminken - oder das Haus zu verlassen und den nächsten Flieger nach Timbuktu zu nehmen. Schwer schnaubend werfe ich mich auf mein Bett, ziehe das Kopfkissen über mein Gesicht und schließe die Augen.

„Ich stelle mich einfach tot. So, wie es diese Tierchen machen, bevor sie wirklich gefressen werden.“ Denn genauso fühle ich mich. Wie eines dieser armen, wehrlosen Tierchen, die von einem großen bösen Tier gejagt werden, um am Ende verspeist zu werden. Bei mir trifft das Wort vernascht wohl besser zu.

Ein Blick auf die Uhr genügt, mein Plan geht nicht auf. Ich muss mich schleunigst anziehen. Die unbequeme Unterwäsche behalte ich sicherheitshalber an, auch wenn ich mir darin total blöd vorkomme. Eilig schlüpfe ich in das schwarze, knielange Stretchkleid, ziehe meine schwarzen High Heels aus Samt an und kreiere meine ganz eigene Version von Smokey Eyes. Meine Augen sehen überhaupt nicht smokey aus. Der Strich ist viel zu dick, wacklig und ungerade geworden. Doch einen erneuten Versuch lasse ich lieber aus. Schnell tusche ich meine Wimpern, lege etwas Make-up auf und fahre mir noch einmal durch das Haar.

Pünktlich auf die Minute steht Andre vor der Tür: „Hübsch siehst du aus.“

„Heuchler“, denke ich mir und stapfe an ihm vorbei zu seinem Wagen. Dabei riskiere ich einen kurzen Blick auf ihn. Er sieht gut aus. Andre trägt eine schwarze Jeans und ein rauchgraues Hemd, die Ärmel bis zu den Ellbogen hochgeschlagen. Sein gut gebauter, muskulöser Körper füllt sein Hemd komplett aus. Die Haare liegen wild verstrubbelt auf seinem Kopf. Es juckt mich in den Fingern, hindurchzufahren. Auf eine gewisse Art fühle ich mich zu ihm hingezogen. Nicht so wie bei Marc. Irgendwie anders.

Andre nimmt auf der Fahrerseite Platz: „Warst du schon mal im Grandhotel Maxim?“

„Das ist aber nicht hier am Starnberger See?“

„Nein, in der Nähe von München.“ Andre fährt langsam die Einfahrt hinunter.

Nach einer Weile dreht er das Autoradio etwas leiser: „Nun Hase, wie war dein Tag?“

„Bitte, könntest du mich nicht mehr Hase nennen?“

„Ist dir Sexkätzchen lieber?“ Andre wirft mir einen amüsierten Blick zu.

„Nein, dann lieber Hase.“ Unruhig rutsche ich auf meinem Sitz herum. Er hat es nicht vergessen. Meine Hoffnung schwindet.

„Also, wie war dein Tag?“

„Willst du das wirklich wissen?“ Meine Hände liegen klitschnass auf meinen Oberschenkeln.

„Würde ich sonst fragen?“

„Wohl eher nicht.“ Ich versuche, nicht auf seinen starken Unterarm zu achten, der lässig auf der Gangschaltung liegt. „Er war okay.“

„Vermisst du die Hunde?“ Seine Augen sind aufmerksam auf die Straße gerichtet, hin und wieder wirft er einen kurzen Blick in meine Richtung.

„Auch.“

„So funktioniert Konservation nicht. Du solltest mir zumindest eine Gegenfrage stellen, wie zum Beispiel mein Tag war. Ob ich viel Arbeit habe, solche Dinge.“

„Okay.“

„Bist du nervös?“ Nun sieht er mich direkt an.

„Sollte ich?“, versuche ich es mit einer Gegenfrage.

„Nun, man sagt so einiges über mich. Aber du solltest dir selbst eine Meinung über meine Vorzüge machen“, antwortet er lässig, ohne Scham, ohne mit der Wimper zu zucken. Andre ist definitiv ein paar Nummern zu groß für mich. Erst recht, wenn er von meinem kleinen Geheimnis erfährt.

„Nicht durchdrehen, es wird alles gut.“ Immer wieder sage ich mir das im Stillen wie ein Mantra und hoffe, mein Inneres Ich überzeugen zu können. Andres Hand liegt lässig auf meiner Hüfte und schiebt mich durch das Restaurant, vorbei an mit rotem Samt überzogenen Stühlen und dunklen Eichholztischen. Dabei spüre ich die Blicke der anderen Gäste in meinem Rücken. Vermutlich fragen sie sich, was ein Mann wie Andre mit mir zu schaffen hat. Schnell nehme ich auf dem mir zurechtgerückten Stuhl Platz. In sanften Klängen schallt leise Klaviermusik zu unserem Tisch. Eigentlich mag ich diese Art von Musik und doch fühle ich mich unwohl in meiner Haut.

„Bitte sehr.“ Ein freundlich aussehender Kellner reicht mir eine in Leder eingebundene Speisekarte.

Zögerlich nehme ich sie an mich und achte darauf, das Besteck und die Kerze nicht vom Tisch zu fegen.

„Darf ich Ihnen schon etwas zu trinken bringen?“, will der Kellner wissen.

Hilflos lasse ich meine Schultern zucken, ich bin schon mit der ersten Seite dieser Menükarte restlos überfordert. Außerdem scheint es hier üblich zu sein, Wein zu trinken, wie ich mit einem kurzen Blick auf den Nachbartisch feststelle.

„Wir sehen uns erst einmal die Karte an. Danke“, antwortet mein Begleiter und legt die geöffnete Karte vor sich auf den Tisch.

Schweigend studieren wir das Menü. Dabei verstehe ich nur Bahnhof und hoffe, hier zwischen all diesen unaussprechbaren Gerichten irgendwo „Schnitzel mit Pommes“ zu lesen. Leider vergeblich. Meine Zunge fühlt sich schon ganz verknotet an, denn leise versuche ich die Namen auszusprechen, in der Hoffnung, vielleicht so auf die Lebensmittel in den Gerichten zu kommen. Ich fühle mich wie zu meiner Schulzeit vor einer Französischklassenarbeit -komplett planlos. Ich bin die Karte nicht einmal bis zum Ende durchgegangen, da schwingt dieser fleißige Kellner auch schon wieder sein schwarzes Büchlein, um unsere Bestellung aufzunehmen.

„Hast du dich entschieden?“ Andre reicht dem Kellner seine Menükarte.

„Ich brauche noch einen Augenblick“, lüge ich. In Wahrheit brauche ich mein Handy, um all diese Begriffe nachzuschlagen.

„Nun, dann bringen sie mir doch bitte das Chateaubriand mit Speckbohnen, Maceaire-Kartoffeln und Sauce Béernaise.“ Die Worte sprudeln nur so aus Andre heraus.

Kartoffeln ist das Einzige, was ich davon verstanden habe. Wie sollen Speckbohnen aussehen? Vielleicht Bohnen mit einem Speckmantel? Ich hab keine Ahnung und so sage ich einfach: „Dasselbe bitte.“

Ich wage einen kurzen Blick auf den Preis und spüre, wie mir meine Augen beinahe aus dem Kopf fallen wollen. Ich kann nur hoffen, dass Andre bezahlt. Dieser bestellt uns noch eine Flasche Wein, die der Kellner uns sofort bringt und dann davoneilt, um unsere Bestellung an die Küche weiterzuleiten. Kaum ist der Kellner weg, breitet sich wieder dieses Schweigen zwischen uns aus. Dabei entgeht mir nicht, wie Andre mich offensichtlich mustert.

„Erzähl mir etwas von dir“, fordere ich ihn auf. Sein Blick ist mir unangenehm.

Andre lehnt sich in seinem Sessel zurück: „Was willst du denn wissen? Meinen Beruf kennst du bereits. Ich bin Architekt. Meine Kunden stammen vorwiegend aus München und Umgebung. Ich bin 27 Jahre alt, ein Einzelkind.“

„Oh“, mehr fällt mir nicht ein. Doch ich muss das Gespräch am Laufen halten, nicht, dass Andre mich sonst wieder von Kopf bis Fuß mustert: „Dann gehört die Agentur in München, dort, wo wir uns zum ersten Mal trafen, auch zu deiner Kundschaft?“

„Richtig“ Andre greift nach seinem Rotweinglas und prostet mir zu. „Auf einen wunderschönen Abend, Hase.“

Ich greife nach meinem Glas: „Ja.“

Unsere Gläser berühren sich, dabei sieht Andre mir in die Augen und hält meinen Blick für ein paar Sekunden gefangen. Es ist ein kurzer Augenblick, nur ein Moment und doch genügt dieser, um meinen sonst so kontrollierten Herzschlag ins Stolpern zu bringen. Um mich herum nehme ich nichts mehr war. Keine Musik, kein Stimmgewirr. Nichts, nur Andres tiefblaue Augen. In diesen tanzen die Lichtreflexe des Kerzenscheins. Ich spüre wie meine Beine weich werden, beinahe wie Pudding, und in meinem Magen kribbelt es verdächtig.

„Das ist der Hunger", rede ich mir selber ein.

„Verliebe dich bloß nicht, Jenna! Nicht in ihn. Dieses ganze „Tief-in-die-Augen-sehen" gehört zu seiner Taktik. Das macht er mit all seinen Frauen so. Du bist nur eine von vielen." Der Gedanke holt mich schlagartig wieder zurück. Ich weiche seinem Blick aus und nehme einen großen Schluck von meinem Wein, nur, um meine Kehle, die sich staubtrocken anfühlt, zu befeuchten.

*

Andre

Was war das? Wir haben uns nur in die Augen gesehen, nur für einen kurzen Moment, und doch hatte es etwas Magisches.

„Gott, kannst du dich selber hören? Etwas Magisches? Junge, Junge. Jenna ist eine Frau wie jede andere. Gut, etwas anspruchsvoller und zickiger. Aber sonst, genau gleich", meldet sich die Vernunft zu Wort.

„Nun Hase, was hat dich dazu bewegt, Hundesitterin zu werden?", will ich nun von ihr wissen, in erster Linie, um wieder klar denken zu können.

Zum Glück ist das Raumlicht angenehm gedimmt und niemand kann mir am Gesicht ablesen, was mir gerade noch durch den Kopf ging. Für einen kurzen Moment war ich nicht ganz da. Doch von Sekunde zu Sekunde werde ich wieder Ich. Andre, der perfekte Verführer. Vermutlich ist das auch der Grund, warum ich sie bei ihrem Kosenamen, den sie absolut nicht ausstehen kann, anspreche.

„Ich liebe Hunde. Sie sind ehrlich, treu und spielen keine Spielchen mit einem", kommt es von Jenna, dabei fährt sie sich durch ihr langes blondes Haar, welches ihr immer wieder ins Gesicht fällt.

„Eigenschaften, die dein Partner auch haben sollte?" Ich nehme einen großen Schluck von dem trockenen Wein.

„Das sind nur die Grundvoraussetzungen."

„Klar", höre ich mich sagen. Dabei weicht sie meinen Blicken aus, was mich nur noch neugieriger macht.

„Und was ist dir noch wichtig?"

„Gemeinsame Interessen. Natürlich sollte er Hunde mögen."

„Ganz klar." Ich muss wirklich an mich halten, um nicht laut loszulachen.

„Gemeinsame Zukunftspläne, Familie …"

„Was heißen soll, dass du deine Dates beim ersten Treffen fragst, ob sie später Familie möchten?" Ich stelle mir Jenna vor, wie sie bei einem Date mit einem Fragebogen vor ihrer Begleitung sitzt. Ein amüsiertes Grinsen huscht über mein Gesicht.

„Natürlich nicht. Wenn du dich über mich lustig machen willst, dann bitte, tu dir keinen Zwang an." Angriffslustig funkeln ihre froschgrünen Augen mich an. „Was ist mit dir, nach welchem Kriterium suchst du deine Betthäschen aus? Oder bist du da so anspruchslos?“

Noch bevor ich antworten kann, kommt der Kellner mit unserem Essen an den Tisch.

*

Jenna

Dieser arrogante Mistkerl! Ohne eine Antwort auf meine Frage, die mich wirklich brennend interessiert, greift Andre nach Messer und Gabel und schneidet sich ein Stück von dem Fleisch auf seinem Teller ab.

Auf was achtet er? Große Brüste, perfektes Aussehen? Was?! Ein Blick auf Andre genügt, im Moment werde ich keine Antwort darauf bekommen. In aller Seelenruhe verspeist er sein Essen und ich könnte mich ohrfeigen, ihm, ausgerechnet ihm, meine Vorstellung von einer Beziehung erzählt zu haben.

Um mich abzulenken, greife ich nach dem Besteck und schiebe mir etwas von dem unaussprechbaren Gericht auf meine Gabel. Vorsichtig führe ich sie zu meinem Mund und stelle erstaunt fest, dass, was das Essen betrifft, Andre Geschmack hat. Es ist köstlich. Das Fleisch ist so zart, dass man es mit der Zunge zerdrücken kann. Und dann noch dieser Wein dazu! Ein Genuss für meinen Gaumen. Wenigstens etwas.

„Wie schmeckt es dir?“ Andre wirft mir einen kurzen Blick über sein Weinglas zu.

„Warum machst du dich über mich lustig? Findest du mich so lächerlich oder naiv oder was?“ Er entschuldigt sich nicht einmal. Will er das Thema einfach übergehen? Doch da ist er bei mir falsch.

„Ach, komm schon Hase, du musst doch selber zugeben, dass dieser Mann aus deiner Vorstellung in der Realität nicht existiert.“ Andre, der seinen Teller bereits leer gegessen hat, lässt die benutzte Serviette auf den Teller fallen.

„Du brauchst dich nicht mit anderen Männern zu vergleichen“, zische ich ihm entgegen. Ich habe keine Lust, dass die piekfeine Gesellschaft an den Nachbartischen unsere Unterhaltung mitbekommt.

„Das tue ich nicht. Ich möchte dich nur von deiner rosaroten Wolke zerren und dir die Wirklichkeit vor Augen führen.“ Andre lehnt sich amüsiert zurück. Ihm scheint diese Unterhaltung zu gefallen.

„Deine Wirklichkeit!“ Wütend knalle ich meine Serviette auf meinen Teller. Der Appetit ist mir vergangen. „In Wahrheit bist du es, der auf einer Wolke sitzt und denkt, er könne ein Leben lang Sex mit jungen Frauen haben. Aber irgendwann bist auch du alt und dann … Was ist dann? Musst du dann für Sex bezahlen? Oder Frauen erpressen?“

Andre sieht nicht mehr so amüsiert aus, im Gegenteil. Seine Hände sind auf der Sessellehne zu Fäusten zusammengeballt, seine Augen zu kleinen Schlitzen zusammengepresst. Wütend sehen wir uns an wie zwei Stiere, die jeden Moment aufeinander losgehen.

„Kann ich Ihnen noch etwas bringen? Ein Digestif oder …“, die Stimme des Kellners hält uns davon ab, uns die Köpfe einzuschlagen.

„Die Rechnung“, antwortet er, ohne mich aus den Augen zu lassen.

Bis der Kellner kommt, werfen wir uns Blicke zu, die nicht, wie erwartet, aus Leidenschaft bestehen.

Andre bezahlt die Rechnung, gibt dem Kellner sogar ein ausgesprochen großzügiges Trinkgeld und kommt um den Tisch herum auf mich zu. Er packt meinen Oberarm und schiebt mich so unsanft wie nur möglich aus dem Restaurant. Am liebsten würde ich meine Fersen in den Boden rammen und stehenbleiben, dann kann er mich meinetwegen wegtragen. Doch der Gedanke, dass dann jeder im Raum womöglich mehr von meiner Unterwäsche zu sehen bekommt, als mir lieb ist, lässt mich weitergehen. Andre wirft mich beinahe auf den Beifahrersitz, steigt neben mir ein und braust dann wie von der Tarantel gestochen aus der Tiefgarage.

„Führst du dich bei all deinen Bettschlampen so auf?“ Mit zitternden Fingern schnalle ich mich an.

Es ist nicht die Klimaanlage, die die Temperatur spürbar abkühlen lässt. Von dem smarten Playboy mit dem verschmitzten Grinsen ist nichts mehr übrig. Neben mir sitzt ein Anderer, der so gefährlich aussieht, dass ich am liebsten aus dem Auto springen würde. Plötzlich bremst Andre ab, fährt eine lange Auffahrt entlang und hält schließlich vor einem Hotel. An den grünen, leuchtenden Buchstaben kann ich erkennen, dass es sich um ein 5-Sterne-Hotel Namens Ludwig handelt.

„Was tun wir hier?“ Meine Wut wird beim Anblick des Hoteleingangs etwas kleiner.

„Schlafen.“ Andre schaltet den Motor ab, reicht einem Pagen den Autoschlüssel und steigt aus. Wie gelähmt bleibe ich sitzen. Schlafen? Was meint er mit Schlafen? Schlafen oder miteinander schlafen? Was?!

Ich starre meinem Begleiter hinterher, wie er zielstrebig auf die große Eingangstür komplett aus Glas zusteuert. Mit einem Seufzer klettere ich aus dem Auto und ziehe dabei an meinem Rocksaum, damit das Kleid nicht nach oben rutschen kann, was mir mehr schlecht als recht gelingt. Unsanft komme ich auf dem Boden auf, dabei spüre ich, wie der Page mich beobachtet. Vermutlich hält er mich für einen völligen Fehlgriff, denn meine Bewegungen sind nicht annähernd so elegant wie die der anderen Gäste, die im und um das Hotel herumschlendern.

Auf dem breiten Kiesweg folge ich Andre, dabei bohren sich immer wieder kleine, spitze Steine in meine zehenfreien High Heels. Mein Ärger verblasst von Sekunde zu Sekunde mehr und ich frage mich, wie ich es nur angestellt habe, meinen Begleiter so wütend zu machen. Gut, besonders freundlich waren meine Worte nicht.

„Aber er hat angefangen“, antwortet meine innere Stimme trotzig.

Verständnis seinerseits bezüglich meines kleinen Problems kann ich nun wohl knicken.

„Er wird dich auslachen und für ein kleines, naives Mädchen halten. Und alles nur, weil du mal wieder deine vorlaute Klappe nicht halten konntest. Erst überlegen, dann reden. Kapiert?“, schimpfe ich leise mit mir selbst. Dabei dreht sich eine ältere Dame zu mir um, stößt ihren Mann an und tippt sich an den Kopf.

Ich ignoriere das Paar einfach.

„Du hättest schon viel früher dein Hirn einschalten sollen! Bevor du in diese äußerst missliche Lage gekommen bist“, antworte ich im Stillen.

Ehe ich mich versehe, bin ich auch schon in der hellerleuchteten Eingangshalle. Zaghaft bleibe ich hinter Andre stehen, der seine ganze Aufmerksamkeit der vollbusigen Dame hinter der Rezeption widmet. Diese klimpert Andre mit ihren langen, schwarzen Wimpern an und fährt sich, bewusst oder unbewusst, immer wieder mit der Zunge über die lippenstiftroten Lippen. Entzückt lächelt sie, reicht ihm die Zimmerkarte und antwortet: „Ich wünsche Ihnen eine angenehme Nacht. Sollten Sie irgendwelche Fragen oder Wünsche haben, wenden Sie sich bitte an mich.“

Die Versuchung, meine Hand zu heben und wild mit den Fingern zu schnalzen, um ihre Aufmerksamkeit auf mich zu lenken, ist zu groß. Am liebsten würde ich der Dame, die bisher keinerlei Notiz von mir genommen hat, vorschlagen, die Plätze zu tauschen. Ich stelle mich hinter die Rezeption und sie verschwindet mit dem hormongesteuerten Andre auf dem Zimmer.

Andre dreht sich wortlos um, schnappt meine Hand und zerrt mich beinahe zum Fahrstuhl. Bevor wir die Kabine betreten, drehe ich mich noch einmal zu der Rezeptionistin um. Diese erdolcht mich förmlich mit ihren Blicken und ich halte lieber meine Klappe. So, wie die mich ansieht, wird aus meinem Vorhaben, ihr meinen Platz anzubieten, nichts.

Mit einem „Bing“ springt die Fahrstuhltür auf und wir betreten den leeren Raum. Noch immer hält Andre meine Hand schmerzhaft fest.

Die Türen schließen sich und sofort erklingt von R. Kelly „I Believe I Can Fly“. Was würde ich dafür geben, um jetzt fliegen zu können! Doch dieser Fahrstuhl befördert mich nicht in den Himmel - eher in die Hölle. Angespannt wage ich einen Blick zu Andre. Dieser schaut in den Spiegel uns gegenüber, direkt auf mich hinab. Unter seinem Blick wird mir warm und kalt zugleich. Ich schaffe es nicht, ihm in die Augen zu sehen, und richte meine komplette Aufmerksamkeit auf meine großen Zehen. Mir kommt es vor, als ob die Fahrt ewig dauern würde.

Als das „Bing“ dann erneut erklingt, wünsche ich, die Fahrt würde doch noch etwas dauern. Doch Andre zieht mich aus dem Fahrstuhl und hinter ihm her den breiten Flur entlang. Dabei hallen unsere Schritte laut auf dem weißen Fliesenboden. Vor einem der Zimmer hält er an, schiebt die Karte in den Schlitz und öffnet die dunkle Tür. Nachdem er die Karte in das dafür vorgesehene Fach gesteckt hat, geht automatisch das Licht an. Ich habe keine Zeit, mich richtig umzusehen, denn kaum sind wir im Raum, löscht Andre das Licht und wirft die Zimmertür mit seiner freien Hand zu.

Die Dunkelheit breitet sich aus, nicht einmal ein winziger Lichtstrahl erhellt den Raum. Bis eben noch lag meine Hand, wenn auch nicht ganz sanft, in Andres. Doch jetzt hängt sie achtlos neben meinem Körper. Automatisch weiche ich einen Schritt zurück, nur um gleich darauf die kalte Wand in meinem Rücken zu spüren. Ich weiß nicht wohin. Wo ist Andre? Rechts von mir oder links? Vor mir? Es gibt keine Fluchtmöglichkeit, ohne in der Dunkelheit über etwas zu stolpern und mir womöglich noch das Genick zu brechen. Mein Herzschlag beschleunigt sich. Mein Puls rast nur so durch mich hindurch und meine Ohren lauschen aufmerksam, um auch das kleinste Geräusch aufzunehmen. Doch da ist nichts. Nur mein eigener völlig unkontrollierter Atem, der mich verrät.

„Andre spielt mit dir. Er will dir Angst machen.“

Der Gedanke kommt so überraschend, dass ich zusammenzucke. „Andre, was soll das?“, will ich ihn fragen, aber aus meinem Mund kommt kein Ton. Verzweifelt drehe ich meinen Kopf und spüre, wie mein Gesicht an etwas Warmes, Weiches stößt. „Haut und Haare“, kommt mir der Gedanke. Ich strecke meine Hand danach aus, berühre es ganz vorsichtig und tatsächlich, es sind Andres Arme, die sich rechts und links neben meinem Kopf abgestützt haben. Meine Finger fahren vorsichtig die muskulösen Unterarme entlang. Ich spüre die Kraft, die sie ausstrahlen, den Puls unter meinen Fingern. Mit Mühe kann ich den Kloß in meinem Hals hinunterschlucken, als ich spüre, wie Andre näherkommt, wie sich unsere Körper beinahe berühren. Nur wenige Zentimeter trennen ihn noch von mir. Ich weiß nicht, ob es Angst ist, die mich in diesem Moment zittern lässt, oder die Tatsache, dass ich seinen Atem an meinem Ohr hören kann.

*

Andre

Meine Hände stoßen sich von der rauen Oberfläche der Wand ab, tasten sich durch die Dunkelheit, nur um gleich darauf in Jennas volle Mähne zu greifen. Ihr Haar fühlt sich unglaublich weich an in meinen Händen. Beherzt greife ich zu, lasse die Strähnen durch meine Finger gleiten und halte sie dann fest. Mit einem kleinen Ruck ziehe ich ihren Kopf zu mir, suche nach ihrem süßen Mund.

Den Geschmack von Schokolade und Wein nehme ich im selben Moment wahr, in dem sich meine Lippen auf ihre pressen. Fordernd sucht meine Zunge Einlass in ihren Mund und streicht dabei immer wieder über ihre Unterlippe. Ein Stöhnen entweicht Jennas Kehle, und kurz frage ich mich, ob ich zu stürmisch bin. Meine Zunge weicht etwas zurück, will schon von ihr süßen Mund ablassen, als sich ihr Mund öffnet und ihre Zunge meine berührt. Vorsichtig, beinahe schüchtern.

Jenna schmeckt nach purer Schokolade, der Geschmack vernebelt mir die Sinne und fordernd presse ich mich an sie. Ich halte sie mit meinen Oberschenkeln an die Wand gedrückt. Ihre weichen Rundungen schmiegen sich an meinen Körper und ich muss an mich halten, um ihr nicht auf der Stelle die Kleider vom Leib zu reißen. Eine Hand noch immer in ihrem Haar vergraben, fährt die andere von ihrem Schopf zu ihrem Ohr. Mein Daumen berührt ihr Ohrläppchen, fährt hinab zu ihrem Hals. Ich spüre ihren Puls, der wie verrückt gegen meinen Finger schlägt und ein Zittern geht durch ihren Körper. Mir ist durchaus bewusst, was ich für eine Wirkung auf Frauen habe und diese auch auf mich. Aber noch nie ist es so weit gekommen, dass ich mich bereits nach ein paar Sekunden so zurückhalten musste wie in diesem Moment. Blind vor Verlangen lasse ich Jennas Hals los. Meine Hand sucht sich automatisch den Weg zu ihren Beinen und schiebt das leidige Stück Stoff nach oben. Meine Finger tasten sich an ihrer weichen Haut empor zu ihrem Oberschenkel. Das lästige Kleid schiebe ich über ihren Po, hoch zu den Hüften.

Noch immer küssen wir uns um den Verstand und ich habe das Gefühl, jegliche Kontrolle über mich zu verlieren. Erst recht jetzt, wo ich mich kurz vor ihrem Höschen befinde. Zu gern würde ich sehen, was sie für Unterwäsche trägt. Aber im Moment will ich sie nur nackt vor mir haben - ohne irgendein hinderliches Stück Stoff. Mein Zeigefinger wandert über ihren Hüftknochen auf ihre Mitte zu. Doch in diesem Moment versteift sich Jenna unter meiner Berührung. Ihre Zunge zieht sich zurück und ihr Mund dreht sich von meinem weg.

„Hey, was ist los?“ Ich kann nicht klar denken, spüre nur, dass etwas sich verändert hat.

„Andre ich … ich muss … ich …“, kommt es leise und stockend von Jenna.

„Was ist los? Habe ich etwas falsch gemacht?“

„Andre, ich … oh verdammt …“, Jenna windet sich, will meinen Händen entkommen. Ich trete etwas zurück, gebe sie aber nicht frei. Ich schaffe nur etwas Platz zwischen uns.

„Ach, verdammt! Ich muss es dir sagen. Es ist nicht so, dass ich nicht mit dir schlafen will, aber ich denke, du solltest wissen, dass ich noch Jungfrau bin“, presst sie zwischen zusammengebissenen Zähnen hervor.

In diesem Moment habe ich das Gefühl, als ob mir jemand einen Eimer eiskaltes Wasser ins Gesicht schüttet. Ich stehe da wie ein Idiot. Kann nichts sagen. Ich höre nur immer das Wort Jungfrau.

„Sie meint sicher das Sternzeichen“, klopft mir meine innere Stimme an die Stirn. Ganz sicher. Denn kein normaler Mensch würde sich als Sexmieze anbieten, wenn er es noch nie vorher getan hat.

*

Jenna

Da stehe ich nun, mit herunterhängenden Armen und einem nackten Po, der unangenehm an der kalten Mauer lehnt. Mit jeder meiner Bewegungen spüre ich, wie sich meine Haut aufschürft. Würde ich es nicht besser wissen, könnte man meinen, ich hätte eine leidenschaftliche Nacht erlebt. Pah, von wegen. Der Einzige, der hier noch eine prickelnde Nacht erlebt, ist der Sekt, der auf dem Tisch steht. Ich komme mir vor wie der größte Loser aller Zeiten. Hätte ich bloß meine Klappe gehalten!

„Und dann? Was hättest du getan, wenn du und Andre auf dem Bett gelegen hättet, er sich über dich gebeugt hätte, bereit, Erlösung zu finden?“, will meine innere Stimme wissen.

Die Stille ist unheimlich und lässt mich leicht frösteln. Bis eben war mir noch verdammt heiß und jetzt stehe ich da und warte, dass Andre aus seiner Schockstarre erwacht.

„Andre?“, versuche ich es vorsichtig.

Er entfernt sich von mir, geht zur Tür und schaltet das Licht an. Ich blinzele heftig, als das grelle Licht den Raum erleuchtet. Es dauert ein paar Sekunden, bis ich mich an die hellen Strahlen gewöhnt habe. Meine Augen suchen Andre und sein Gesicht ist so unergründlich wie die Tiefen eines Meeres. Nichts ist darin zu erkennen.

Unter seinem Blick wird mir mulmig und eilig ziehe ich mein Kleid wieder über meinen Po und klammere mich Halt suchend an den dünnen Stoff.

„Sag mir, dass das ein Witz ist!“, knurrt er leise.

Also doch. Auch wenn sein Gesicht ausdruckslos ist, seine Stimme ist es nicht.

„Ich fürchte, das kann ich nicht“, kommt es ganz leise von mir. Dabei weiche ich seinem Blick aus und spüre, wie die Röte von meinen Wangen Besitz ergreift.

„Jenna, du bist über zwanzig! Wie kann es sein, dass du noch nie Sex hattest?“ Andre lässt sich auf das Bett sinken und sieht mich an, als ob eines der Sieben Weltwunder vor ihm stehen würde.

„Nun, ich war kaum achtzehn, als ich Marc kennengelernt habe. Vor ihm hatte ich noch nie einen Freund und … Verdammt, jetzt sieh mich doch nicht so an!“, herrsche ich ihn an und stoße mich von der Wand ab, „es hat sich eben danach nicht mehr ergeben, okay?!“

„Ist dir klar, wie sich das anhört?“

„Nur, weil du mit allem, was nicht bei drei auf dem Baum ist, ins Bett hüpfst, muss ich doch nicht genauso sein.“ Ich komme mir so blöd vor!

„Oh Mann“, presst er hervor und fährt sich mit den Händen durch sein Haar.

„Und jetzt?“

„Was und jetzt? Du denkst doch nicht ernsthaft, dass ich jetzt noch mit dir schlafen werde.“ Andre blickt zu mir auf und seine Augen bohren sich förmlich in meine.

„Nicht?“, wispere ich leise.

„Nein.“

„Und was wird aus unserem Deal?“ Der Gedanke brennt sich in meinen Kopf. Ich brauche Andre. Ohne ihn überstehe ich die Hochzeit niemals und dann ist da noch etwas Anderes. Eigentlich müsste ich froh sein, dass ich nun nicht mehr sein Sexkätzchen sein muss und doch habe ich das unglaubliche Verlangen, mit Andre zu schlafen.

„Der ist soeben geplatzt.“

„Nein“, kommt es mir panisch von den Lippen. Meine Kehle schnürt sich bei dem Gedanken zu, jetzt, ein paar Tage vor der Hochzeit, ohne Partner dazustehen.

„Bitte Andre, ich brauche dich als meinen Freund.“ Meine ihn anflehende Stimme klingt fremd in meinen Ohren. Ein unfreundliches Schnauben kommt aus seiner Richtung. „Bitte, ich brauche dich! Ohne dich überstehe ich das Alles nicht! Jeder wird hinter meinem Rücken tratschen, meine Familie, unsere Nachbarn, einfach alle. Bitte, Andre. Bitte!“ Flehend sehe ich ihn an. Er muss mir einfach helfen. Wie soll ich es ohne ihn überstehen? Wie?

„Meinetwegen. Aber nach der Hochzeit trennen sich unsere Wege.“

Mein Kopf nickt schnell.

„Ich tue das nur, weil ich dich mag. Okay?“

„Danke Andre.“ In meinem Inneren tobt ein wilder Kampf zwischen Scham, Demütigung und Wut. Ich möchte nur noch weg. Raus aus diesem Hotelzimmer, den Wänden, die mich förmlich zu erdrücken scheinen. Meine Hände greifen in meine Handtasche, suchen nach meinem Handy, um so schnell es geht ein Taxi zu bestellen. Kaum habe ich das kalte Gerät herausgefischt, blinkt auch schon eine Nachricht auf dem Display. Ungeduldig öffne ich die SMS und überfliege den Text:

„Hi Jenna. Du denkst doch morgen an den Junggesellinnenabschied? Um 18 Uhr geht es los.“

„Auch das noch.“ Ich blicke zu Andre, der mittlerweile wieder einigermaßen gefasst aussieht. „Ähm, hast du mit Tim gesprochen? Morgen ist Vanessas Party und so, wie ich Mum kenne, hat sie Vanessa bestimmt schon was erzählt.“

„Begeistert war dieser Tim nicht, aber mit einem großzügigen Scheck konnte ich ihn dann doch überzeugen.“ Nebenbei streift Andre seine Schuhe ab und öffnet den Knopf seiner Hose.

„Ähm, was?“ Mein Blick klebt an seiner Hand, die nun den Reißverschluss herunterzieht.

„Verdammt, du solltest das tun und nicht er!“, brüllt meine Libido mir anklagend zu.

„Tim spielt euren Chauffeur, Unterhalter und was sonst noch.“ Ohne auf mich zu achten, zieht er nun die Hose aus, wirft sie achtlos über den Stuhl und macht sich an seinem Hemd zu schaffen. Ich muss mich zwingen, nicht auf seine schwarze Boxershorts zu stieren. Schnell wende ich meinen Blick ab und schließe für einen Moment die Augen.

„Du kannst deine Augen wieder öffnen, ich bin unter der Decke.“

Waaaas? Er hat es also mitbekommen. Mein Gesicht läuft tomatenrot an und ich komme mir noch blöder vor als vor ein paar Minuten, wenn das überhaupt möglich ist.

„Lass uns schlafen. Auch Marc hat morgen seine Party und so, wie ich ihn kenne, wird es ein verdammt langer Abend.“ Andre sieht mich auffordernd an. In seinen Augen liegt ein seltsamer Ausdruck. Belustigung?

„Ich kann doch nicht neben dir schlafen“, bringe ich kaum hörbar über die Lippen.

„Gerade eben wolltest du noch ganz andere Dinge mit mir machen.“ Sein übliches Grinsen umspielt seinen Mund.

„Bist du nicht mehr sauer auf mich?“

„Sauer ist das falsche Wort.“ Er schiebt sich ein Kissen unter den Kopf. „Ich war geschockt. Aber mittlerweile habe ich mich wieder gefangen.“

„Hmm, das ist gut.“ Ich wage nicht, ihn anzusehen.

„Zieh dich aus und komm unter die Decke.“

„Was? Nein, ich kann nicht.“

„Jenna, ich rühr dich nicht an. Versprochen.“ Zur Bestätigung hebt er zwei Finger zum Schwur hoch.

„Aber dann lösch das Licht!“ Es kommt nicht infrage, dass ich mich vor ihm ausziehe. Das wäre mir viel zu peinlich. Andre kommt meiner Bitte nach, löscht das Licht und dreht mir dann auch noch den Rücken zu. Auf Zehenspitzen schleiche ich mich zum Bett, schlüpfe eilig aus meinen Sachen und husche so schnell es geht unter die Decke.

Uns trennen nur ein paar Zentimeter und doch fühlt es sich an, als ob er meilenweit von mir entfernt wäre. Eigentlich müsste ich nur meine Hand nach ihm ausstrecken. Doch meine Angst vor einer Abfuhr ist viel zu groß, um mein Vorhaben umzusetzen.

Kapitel 7

*

Jenna

Der Lärmpegel in dem kleinen Raum ist kaum auszuhalten. Wildes Geschnattere und Gekicher hallen von den hohen Wänden auf uns herab, am liebsten würde ich meine Ohren zuhalten und die Augen schließen. Doch das geht nicht, denn meine Wimpern werden gerade zum dritten Mal getuscht. Mit einem gezwungenen Lächeln lasse ich die Prozedur über mich ergehen. Ich bin die letzte von Vanessas Mädels, die für den Junggesellinnenabschied von der Kosmetikerin gestylt wird. Mir ist es immer noch ein Rätsel, warum wir uns nicht selbst für den Abend schick machen konnten. Aber meine liebe Schwester hat es sich so gewünscht, also füge ich mich meinem Schicksal.

„Hier Schwesterherz, trink mit uns." Vanessa drückt mir ein volles Sektglas in die Hand und stöckelt in den viel zu kurzen Hotpants, dem knallengen pinken Top mit der Aufschrift „Brautalarm" und den hohen pinkfarbenen High Heels zu den anderen Mädels auf das Sofa zu.

„Auf die Braut", kreischt Claudia, Vanessas beste Freundin seit Kindertagen. Die anderen Mädels stimmen ein und stoßen ihre Gläser aneinander. Mein Blick huscht zu Claudia. Ich konnte sie schon immer gut leiden. Was nicht nur daran liegt, dass sie eine lustige, erfrischende Art hat, sondern auch deswegen, weil sie mit ihrem fülligen Körper ganz anders ist als Vanessas sonstige Modepuppenfreundinnen. Claudia trägt, wie wir anderen auch, eine knappe schwarze Hotpants und ein weißes enges Top mit der Aufschrift „Junggesellinnen“. Dazu ebenfalls High Heels mit einem schwindelerregend hohen Absatz. Immer wieder ertappe ich mich dabei, wie ich den viel zu tiefen Ausschnitt nach oben zerre, um nicht meine ganze Brust zum Vorschein zu bringen. In meinem ganzen Leben würde ich nie freiwillig so rumlaufen. Ich komme mir vor wie in meiner Kindheit an Fasching. Nur, dass ich kein Prinzessinnenkostüm trage, sondern das einer Prostituierten. Tapfer hebe ich mein Glas und proste den anderen zu, nur um gleich darauf die prickelnde Flüssigkeit auszutrinken.

„So, meine Liebe. Jetzt bist auch du bereit für die Nacht.“ Mit diesen Worten dreht die Kosmetikerin mich auf dem Drehstuhl um und gewährt mir nun endlich einen Blick in den Spiegel. Fassungslos starrt mich mein Spiegelbild an. Ich muss ein paar Mal kräftig blinzeln, in der Hoffnung, mich endlich wiederzuerkennen. Doch weit gefehlt.

„Und wie gefällt es dir?“, will die Kosmetikerin nun von mir wissen.

Meine pinkfarbenen Lippen verziehen sich zu einem gequälten Lächeln und zwischen zusammengebissenen Zähnen presse ich hervor: „Gut.“

„Verdammt, du siehst aus wie Barbies kleine Schwester“, denke ich mir. Zum Glück bin ich nicht die Einzige, die aussieht, als ob sie einem Disneyfilm entsprungen sei. Vanessa könnte als Schneewittchen höchstpersönlich durchgehen. Zumindest was das Gesicht betrifft. Der Rest erinnert dann doch eher an Schneeflittchen.

Das Klingeln an der Wohnungstür reißt mich aus meiner Starre.

„Das muss Laura sein, Marcs kleine Schwester", flötet Vanessa und eilt zur Tür.

Ich bin gespannt auf Laura. Denn obwohl ich ein paar Monate mit Marc zusammen war, habe ich Laura nie kennengelernt. Vor gut vier Jahren hat sie den Durchbruch geschafft und reist durch die ganze Welt, um auf den größten Modeschauen zu laufen. Kaum hat Vanessa die Tür geöffnet, ertönt ein hohes Kreischen.

„Was hat die denn?", will Claudia wissen und reckt ihren Kopf, um besser sehen zu können. Just in diesem Moment erscheint meine Schwester wieder im Raum - mit einem breiten Grinsen und hinter sich herziehend den leicht bekleideten Tim. Dieser trägt eine schwarze Stoffhose, während der Oberkörper bis auf eine kleine, schwarze Fliege nackt ist. Seine durchtrainierte Brust glänzt im Schein des Lichtes.

„Jenna, du bist die Beste." Vanessa strahlt mich an und wirft mir eine Kusshand zu.

„Klärt mich mal bitte jemand auf?", fordert Claudia.

„Also, das ist Laura, Marcs Schwester" Vanessa deutet auf die große Schönheit im Türrahmen, „und das ist Tim. Unser Chauffeur und Begleiter für diesen Abend."

Aus dem Augenwinkel beobachte ich Laura. Sie trägt ebenfalls die gleiche Kleidung wie wir, nur mit der Ausnahme, dass es an ihr verdammt gut aussieht. Kein Gramm Speck liegt auf ihrem perfekten Körper. Ihr langes, schwarzes Haar glänzt und ihre Haut ist weiß wie Porzellan. Ihre rehbraunen Augen scheinen ihr ganzes Gesicht einzunehmen. Sie wirken viel größer als normal.

„Gut Ladys, dann lasst uns den Sekt austrinken und die Party kann steigen.“ Vanessa klatscht begeistert in die Hände, dabei mustert sie Tim verstohlen.

*

Andre

„Die hat aber einen knackigen Hintern.“ Marc schnalzt mit der Zunge und ich beobachte, wie er der Kellnerin hinterhersieht.

„Ganz mein Geschmack. Wie zwei reife Birnen“, erwidert Paul, Marcs Cousin, und leckt sich über die Lippen Sein Gesicht verzieht sich zu einem anzüglichen Grinsen.

„Echt hot die Kleine. Obwohl mir die Dame dort drüben an der Stange besser gefällt.“ Jan, Marcs Arbeitskollege, deutet zu einer rothaarigen Go-go-Tänzerin.

Marc sagt etwas und die anderen beiden brechen in Gelächter aus. Nur ich nicht. Obwohl der Club voller freizügiger Damen ist, kann ich nur an Jenna denken. Seit ihrer Aussage gestern verfolgt ihr Gesicht, ihr Körper mich in Gedanken. Immer und immer wieder frage ich mich, ob Jenna mich angelogen hat. Ob ihre Aussage, sie sei noch Jungfrau, eine Ausrede war, um nicht mit mir zu schlafen. Aber auf ihrem Gesicht lag dieser unschuldige, schüchterne Ausdruck, der mir sagt, dass nur eine Schauspielerin zu solch einem Gesicht und solch einer Lüge imstande wäre. Der Gedanke, dass Marc sie weitaus mehr verletzt hat, als ich zu Anfang dachte, wird mir immer bewusster. Ich beobachte Marc, meinen besten Kumpel, wie er da sitzt und perverse Sprüche von sich gibt.

„So jemand passt nicht zu Jenna“, sagt mir meine innere Stimme.

Das Bild von ihr, wie sie mit nackten Schenkeln, das Kleid bis über den Po geschoben, an der Wand im Hotelzimmer lehnt, will mir einfach nicht aus dem Kopf gehen.

„Also Jungs, lasst uns weiterziehen. Marc soll von seinem letzten Abend in Freiheit noch etwas haben.“ Jan schlägt Marc auf die Schulter und rutscht vom Barhocker. Dabei zieht er aus seiner Geldbörse ein paar Scheine und steckt sie der Go-go-Tänzerin zu.

„Wo gehen wir als Nächstes hin?“, will Paul wissen.

„Club Liberty?“, schlägt Marc vor.

Ich greife nach meiner Lederjacke, schlüpfe hinein und frage in die angeheiterte Männerrunde: „Weiß eigentlich jemand, wo die Ladys sich aufhalten? Nicht, dass wir uns noch begegnen.“

„München ist so groß. Das ist beinahe unmöglich“, meint Marc und wankt nach draußen.

Das hoffe ich. Denn die Kombination von Jenna und Laura möchte ich so lange wie möglich hinauszögern. Seit unserem letzten Telefonat habe ich ihre vorgeschlagenen Treffen so gut ich konnte abgelehnt. Doch auch ich bin nur ein Mann und meine Bedürfnisse müssen irgendwann wieder gestillt werden.

*

Jenna

Den brennenden Schmerz, der sich von meinen Fersen bis zu meinen großen Zehen ausbreitet, versuche ich zu ignorieren, während ich Vanessa und den anderen durch den brechendvollen Club folge. Nach der nun fünften Bar habe ich mich langsam daran gewöhnt, dass uns alle Blicke folgen. Was vermutlich auch an meinem mittlerweile ganz stattlichen Alkoholpegel liegt. Eigentlich hatte ich mir vorgenommen, nicht so viel zu trinken. Doch wie von Zauberhand hatten wir immer volle Gläser in den Händen, die uns von spendierfreudigen Männern ausgegeben wurden.

Der Geruch von Alkohol, vermischt mit Schweiß und Parfüm, hängt wie ein Nebel im Raum. Das Licht ist gedimmt und spendet gerade mal auf der Tanzfläche genügend Licht, um nicht über die eigenen Füße zu fallen.

„Sucht ihr mal einen Platz. Jenna und ich holen Getränke", bestimmt Claudia und deutet auf ein Podest mit samtüberzogenen Sofas. Vanessa schmiegt sich an Tims Oberarm und zieht ihn hinter sich her. Schon den ganzen Abend ist mir nicht entgangen, wie sie ihn ansieht. Wie sie immer zufällig versucht, ihn zu berühren.

„Was um alles in der Welt ist nur mit deiner Schwester los?" Laura, die den halben Abend kein Wort gesagt hat, dreht sich zu mir um und sieht mich strafend an. Als ob es meine Schuld wäre, dass Vanessa sich an Tim ranmacht.

„Ich habe keine Ahnung." Hilflos zucke ich mit den Schultern und starre ihnen hinterher. Laura gibt ein verächtliches Schnauben von sich und folgt Tim und meiner

Schwester. Vanessas andere Mädels sind auf der Tanzfläche verschwunden, bewegen sich im Takt der Musik, lassen ihre Hüften kreisen.

„Komm", fordert Claudia mich auf und hinter ihr kämpfe ich mir einen Weg an den verschwitzten Körpern vorbei. An der Bar ist das Gedränge fast noch stärker und ich spüre, wie etwas Nasses, Klebriges über meinen Oberarm läuft.

„Jenna, was trinkst du?" Claudia, die nun ganz vorne an der Bar steht, brüllt mir durch den Lärm der lauten Musik zu.

Ich versuche zu ihr zu gehen, doch das Gedränge ist so groß, dass ich überhaupt nicht vom Fleck komme. Eher das Gegenteil ist der Fall. Immer weiter werde ich von der Bar weggedrückt wie ein Fisch, der versucht, gegen den Strom zu schwimmen. Meine hohen Schuhe machen mein Vorhaben nicht besser. Gefährlich wackelt es um mich herum und als ich dann noch unsanft angerempelt werde, sehe ich mich schon auf dem Boden liegen. Meine Beine drohen einzuknicken. Meine Arme rudern wie wild in der Luft und ich versuche mich irgendwo festzuhalten. Doch leider wurde meine Reaktionsfähigkeit durch meinen Alkoholkonsum bereits in Mitleidenschaft gezogen und meine Hände greifen ins Leere. Mit dem Gesicht voraus steuere ich auf den Boden zu und bevor ich ihm unsanft ein Küsschen geben kann, werde ich an den Hüften gepackt. Zwei starke Hände umfassen mich, ziehen mich wieder auf meine Beine.

„Oh, das war knapp. Vielen Dank", bringe ich heraus, drehe mich zu meinem Retter um und mein eben noch erfreutes Gesicht verzieht sich zu einer unfreundlichen Grimasse.

„Du?“, presse ich hervor und bereue es, nicht doch Bekanntschaft mit dem klebrigen Boden gemacht zu haben. So hätte ich mich der Länge nach hinlegen und zwischen den Beinen der anderen Gäste verstecken können.

„Hey“, hebt er zum Gruß die Hand.

„Marc“, flüstere ich leise, sehe ihn mit großen Augen an und versuche, meinen schneller werdenden Herzschlag zu ignorieren.

„Jenna, ich hätte dich beinahe nicht erkannt. Du bist ein richtig heißer Feger.“ Sein Blick gleitet von meinem Gesicht hinab zu meinem Hals, zu meinen Brüsten, meinem Bauch. Er tut es mit einer Offensichtlichkeit, die mich sprachlos dastehen lässt. Eigentlich sollte ich ihn rügen und doch gefällt mir, so von ihm gemustert zu werden. Sein Blick wandert wieder hoch und bleibt an meinem Ausschnitt hängen.

„Oh Gott, ich werde doch nicht mehr zeigen als gewollt“, denke ich und überprüfe meinen Ausschnitt, der glücklicherweise nicht bis zum Bauchnabel hinabgerutscht ist. Allerdings kann man den Ansatz meines BHs erkennen. Gerade will ich mein Top wieder nach oben ziehen, als das Gedränge um uns herum stärker wird und ich einen Schlag in den Rücken bekomme. Unsanft pralle ich gegen Marc, der seine Arme sofort schützend ausbreitet und mich an sich zieht.

„Sorry“, wispere ich an seine Brust gepresst. Ich bin so dicht an ihn gedrückt, dass mir sofort sein vertrauter Geruch in die Nase steigt. Tief sauge ich ihn in meine Lungen auf und erlaube mir, kurz an ihn gedrückt stehen zu bleiben - der alten Zeiten willen.

„Jenna. Du riechst noch genauso wie früher“, flüstert Marc mir ins Ohr und vergräbt seine Nase in meinem Haar.

„Du auch.“

„Was tust du nur mit mir?“ Sein Mund ist so nah an meinem Ohr und ich spüre seine Hände, die langsam meinen Rücken streicheln.

Um mich herum habe ich alles ausgeblendet. Ich spüre keine Stöße mehr, sehe nur noch ihn, höre nur noch seine Stimme.

„Ich …“, weiter komme ich nicht, denn in diesem Moment pressen sich seine Lippen auf meine und seine Zunge sucht ungestüm Einlass in meinen Mund.

Perplex stehe ich da, unfähig, mich zu rühren. Seit wie vielen Monaten habe ich mir das hier gewünscht? Seine Lippen auf meinen, seine Hände auf meinem Körper, Und doch habe ich das Gefühl, es passiert nicht wirklich mir. Als ob ich auf einer Wolke schweben und von oben herab zusehen würde. Der Geschmack von Alkohol und Knoblauch schubst mich schlagartig von meiner Wolke herunter und befördert mich wieder in die Wirklichkeit. Seine Zunge rührt noch immer wie ein Schneebesen in meinem Mund herum und kitzelt mich am Gaumen.

„So habe ich mir das aber nicht vorgestellt“, protestiert meine Libido und meine Hände stoßen sich angeekelt von seiner Brust ab.

„Marc, was soll das?“, fahre ich ihn wütend an und wische mir mit meinem Handrücken seinen Speichel von den Lippen.

„Ach, komm schon, du willst mich doch immer noch. Das sehe ich doch!“ Marc will mich wieder zu sich ziehen.

„Behalte deine dreckigen Pfoten bei dir. Falls ich dich erinnern darf, heiratest du in wenigen Tagen meine Schwester.“ Ich versuche, mich aus seinen Händen zu befreien, die mich wie ein Klammeraffe festhalten.

„Na und? Wir beide können doch trotzdem ein wenig Spaß haben.“ Die Alkoholfahne, die mir bei jedem seiner Wörter entgegenschwappt, löst in mir beinahe einen Würgereiz aus.

„Sicher nicht! Und jetzt nimm deine Pfoten von meinem Rücken oder ich brülle den ganzen Laden zusammen.“

„Und dann? Rennst du zu Vanessa und Andre um dich auszuheulen?“ Sein Griff lockert sich etwas.

„Du bist derjenige, der heulen wird, wenn die beiden erfahren, was du getan hast.“

„Ach Jenna, wer wird dir schon glauben? Jeder weiß, dass du noch immer scharf auf mich bist.“ Sein Gesicht verzieht sich zu einer hässlichen Fratze.

„Andre wird mir glauben. Er kennt mich und …“, flüstere ich mir zu.

„Klar. Deswegen“, er tritt einen Schritt zur Seite und deutet auf ein Podest, auf dem Sofas und Tische stehen, „macht er sich auch an meine Schwester ran.“

Mein Blick versucht, seinem Finger zu folgen, doch ich bin zu klein, um über die Köpfe hinwegzusehen.

„Du lügst.“

„Überzeug dich doch selbst, kleine Jenna. Du bist für uns Männer nicht interessant genug.“ Marc grinst böse und am liebsten würde ich ihm eine scheuern. Wortlos quetsche ich mich an ihm vorbei in die Richtung, in der sich angeblich Andre und Laura aufhalten sollen. Seine Worte brennen sich in meinen Kopf, treffen meine Seele und ich spüre, wie sich die ersten Tränen in meinen Augen ansammeln.

„Darf ich mal bitte“, „Entschuldigung“, mit diesen Worten drücke ich mich durch die Menge, direkt auf das Podest mit den Sitzmöglichkeiten zu. Meine zittrigen Beine berühren die erste der fünf Stufen, ich halte mich an dem kühlen Metallgeländer fest. Auch hier oben wimmelt es nur so von Partygängern. Suchend gehe ich Tisch für Tisch ab und die Erleichterung, an keinem der Tische Andre und Laura sitzen sehen zu müssen, ist unbeschreiblich. Gerade, als ich mich umdrehen will, um Vanessa und den Rest zu suchen, legen sich zwei Hände sanft auf meine Hüften. Die Befürchtung, Marc sei mir gefolgt, schleicht sich in meinen Kopf.

„Was fällt dir ein, nimm sofort deine dreckigen Finger ...“ Blitzschnell drehe ich mich um, die Hand zum Schlag ausgeholt.

„Nette Begrüßung, Hase. Oder soll ich lieber Barbie sagen?“

„An ...Andre?“, stottere ich und ehe ich begreife, was ich tue, werfe ich mich an seine Brust, schlinge meine Arme fest um seinen Nacken und vergrabe meine Nase in seinem T-Shirt, um Marcs Gestank von Alkohol und Knoblauch zu verdrängen.

„Hase, was hast du denn?“ Andre legt mir zögerlich die Hände auf die Schultern. „Jenna, du erdrückst mich ja beinahe.“

„Kannst du mich bitte hier wegbringen?“, fragend lege ich meinen Kopf in den Nacken, um zu ihm aufzusehen.

Andres tiefblaue Augen suchen meine: „Was ist los? Ich …“

„Bitte“, flehe ich ihn an und spüre, wie meine Fassung langsam bröckelt. In mir tobt ein wilder Kampf aus Wut, Enttäuschung, Frust und Angst, Marc könnte mit seinen Worten recht haben. Dazu noch der Gedanke, meine Schwester sehen zu müssen, ihr in die Augen zu sehen, nachdem ihr Verlobter mich geküsst hat … einfach nicht auszudenken!

„Na gut.“ Andre greift nach meinen Händen, um sie von seinem Nacken zu lösen, und hält eine schließlich fest, um mich hinter sich herzuziehen. Ich folge ihm, meinen Blick starr auf sein breites Kreuz geheftet. Ich will niemanden mehr sehen, nur noch raus aus dem engen Raum, der mir die Luft zum Atmen nimmt. Beim Rausgehen treffen wir auf Jan. Andre wendet sich an ihn und sagt: „Wir gehen. Wo ist Marc?“

„Keine Ahnung. Aber ich mache auch nicht mehr so lange. Viel Spaß euch beiden.“ Jan wirft uns einen belustigten Blick zu und verschwindet dann wieder in der Menge.

Die kalte Nachtluft umfängt uns, lässt mich augenblicklich frösteln und doch ziehe ich sie tief in meine Lungen, um endlich das Gefühl, zu ersticken, loszuwerden. Andre winkt uns ein Taxi herbei, dabei legt er mir seine Lederjacke um die Schultern.

„Danke“, bibbere ich und halte seine warme Hand ganz fest.

„Willst du mir nicht sagen, was los ist?“ Andre hält mir die Tür des Taxis auf.

Schnell schlüpfe ich in das warme Auto, nicke dem Fahrer zur Begrüßung kurz zu und wickele mich enger in die Jacke. Der Lederduft, vermischt mit seinem Parfüm, lässt mich ruhiger werden.

„Wohin wollt ihr?“ Der Taxifahrer dreht sich zu Andre um und dieser nennt ihm eine Adresse. Ich höre gar nicht richtig hin. Es ist mir egal, wo wir landen, Hauptsache, ich muss an diesem Abend weder Marc noch Vanessa sehen. Das Taxi setzt sich in Bewegung und ich schließe die Augen. Ich möchte dieses Bild von Marc, wie er seine Zunge in meinen Mund gebohrt hat, mich mit seinen Händen betatscht hat, aus meinem Kopf verbannen. Ich fühle mich schmutzig, möchte jede Stelle, an der er mich berührt hat, abschrubben.

In meinen Augen sammeln sich Tränen und ein Schluchzen entweicht meiner Kehle. Das salzige Nass bahnen, sich ihren Weg von meinen Augen hinab, über meine Wange zu meinem Kinn, tropfen auf Andres Jacke. Ich will sie aufhalten, will nicht vor Andre weinen und doch sind meine Tränen mächtiger als ich. Mein Körper wird von einem Zittern erfasst, das meine müden Knochen unaufhörlich zucken lässt.

*

Andre

Ich sitze neben Jenna und fühle mich so nutzlos wie noch nie in meinem Leben. Dicke Tränen laufen ihre Wange hinab und ihre Hand in meiner ist eiskalt. Was ist nur passiert? Hat sie mich und Laura womöglich gesehen? Das Bild von Laura, wie sie auf meinen Schoß geklettert ist, kaum dass sie mich sah, steigt in meinen Kopf. Ich hätte Laura das nicht durchgehen lassen dürfen und doch war ich im ersten Moment einfach nur überrascht. Ich kann nur hoffen, dass weder Marc noch Jenna uns gesehen haben. Für einen Außenstehenden muss es so ausgesehen haben, als ob wir ein Paar wären. Sie auf mir, ihre Hände um meinen Nacken gelegt. Nur gut, dass ich sie schnell genug von mir geschoben habe, noch bevor ihre Lippen auf meine trafen.

Jennas leises Schluchzen reißt mich aus meiner Erinnerung und mit meinem Daumen streiche ich über ihr Handgelenk, um sie etwas zu beruhigen.

„Jenna, was ist nur los? Bitte sprich mit mir.“ Hilflos sehe ich sie an. Ihre Augen sind noch immer geschlossen und ihre kleine, süße Nasenspitze ist vom Weinen schon ganz rot. Es macht mich wahnsinnig, sie so zu sehen. In diesem Moment würde ich alles tun, um ihr den Schmerz zu nehmen.

„Tu das nicht“, flüstert mir meine innere Stimme zu und doch bin ich machtlos gegen meine freie Hand, die sich in Jennas Haar vergräbt. Langsam ziehe ich ihren Kopf zu mir. Streiche mit meinem Daumen über ihre von Tränen feuchte Wange.

„Tu es nicht", höre ich meine innere Stimme noch einmal. Nur dieses Mal brüllt sie. Doch ich ignoriere sie.

Meine Lippen suchen die Stelle, an der eben noch kleine Rinnsale ihre Wangen hinabliefen. Vorsichtig ziehe ich den salzigen Geschmack ihrer Tränen in meinen Mund. Ich bedecke ihr ganzes Gesicht mit meinen Lippen, sauge jede einzelne nasse Spur weg. Noch immer sind ihre Augen geschlossen, aber es erscheint keine neue Träne mehr auf ihrem Gesicht. Meine Lippen wandern zu ihrem Mund.

*

Jenna

Was tut er denn da? Hat er mir nicht noch vor ein paar Stunden deutlich zu verstehen gegeben, dass wir keine Intimitäten mehr austauschen? Und jetzt macht er das?

Seine weichen Lippen fühlen sich so gut auf meinen an und seine Zunge ist so vorsichtig, stupst meine nur ganz leicht an, wartet auf ein Zeichen von ihr. Und dann, wie aus dem Nichts, löst sich etwas tief in meinem Innersten. Plötzlich sind Marc und der bisherige Abend wie weggewischt. Meine Zunge gleitet nach vorne, berührt Andres und vollführt einen wilden Tanz. Ihn zu küssen ist besser als meine Lieblingsschokolade und macht zudem noch viel süchtiger.

Ein Räuspern durchdingt die Stille: „Ihr seid da."

Zögerlich löst sich Andre von mir. Verwirrt blicke ich mich um. Wo sind wir? Das Taxi hat vor einem riesigen Haus gehalten.

Andre drückt dem Fahrer ein Bündel Geld in die Hand und zieht mich wortlos aus dem Taxi. Der Fahrer wirft uns einen kopfschüttelnden Blick zu und startet den Motor. Nur das Knistern von Kies ist zu hören, als das Auto die lange Einfahrt hinunterfährt.

„Wo sind wir?“, will ich wissen und lasse mich hinter Andre zur Haustür ziehen.

„Bei mir. Hier wohne ich.“ Andre steckt den Schlüssel ins Schloss und stößt die Tür auf. Er lässt mir den Vortritt und neugierig blicke ich mich in dem großen, modernen Eingangsbereich um. Doch weit komme ich nicht, denn schwungvoll fällt die Tür hinter uns ins Schloss. Andre bleibt dicht hinter mir stehen. Ich spüre seinen warmen, muskulösen Körper in meinem Rücken.

„Du fühlst dich so gut an“, flüstert er mir ins Ohr, hebt mein langes Haar an und haucht kleine Küsse auf meinen Nacken.

Meine Knie geben nach und mit einem Seufzer schmiege ich mich an ihn. Seine Küsse hinterlassen ein heißes Prickeln auf meinem Nacken und mir wird heiß und kalt zugleich. Seine Hand wandert zu meinem Bauch, schiebt das Top etwas nach oben, und seine Finger malen kleine Kreise auf meinen Bauch. Jede seiner Berührungen verursacht kleine Stromschläge auf meiner Haut und ich spüre das Adrenalin durch meinen Körper jagen. Mit geschlossenen Augen stehe ich da, genieße seine Hände auf meiner Haut, seine Lippen, die nun von meinem Hals abwärts gleiten, sanft an meiner Schulter knabbern.

„Lass uns nach oben gehen“, flüstert er.

„Ja“, hauche ich und lasse mich von ihm die große Wendeltreppe hochführen.

Andre stößt eine Tür auf und durch das schwache Mondlicht kann ich erkennen, dass es sich um sein Schlafzimmer handelt. Etwas unbeholfen stehe ich da, nicht genau wissend, was ich tun soll. Mich auf sein Bett legen? Mich ausziehen? Als ob Andre meine Gedanken gelesen hätte, dreht er mich zu sich um, nimmt meine vor Nervosität verschwitzte Hand und lässt sie unter sein T-Shirt wandern. Zögerlich strecke ich meine Fingerspitzen aus, um seine nackte Haut zu berühren. Vorsichtig streichle ich über seinen Bauch, seine harten Muskeln und kann es kaum fassen, dass er so weiche Haut hat. Kleine Härchen umspielen seinen Bauchnabel, ziehen sich nach unten, zum Rand seiner Boxershorts. Andres Hände erkunden ebenfalls meinen Körper, streicheln sich von meinem Rücken nach oben und ein Keuchen entweicht meiner Kehle, als er den Verschluss meines BHs öffnet und sanft meine Brüste liebkost. Seine Lippen hauchen tausend Küsse auf mein Schlüsselbein, hinterlassen auf meinem ganzen Körper eine Gänsehaut. Mit einer fließenden Bewegung zieht er mir mein Top aus und lässt es mitsamt meinem BH auf den Boden fallen. Zögerlich mache auch ich mich an seinem T-Shirt zu schaffen. Dabei stelle ich mich so ungeschickt an, dass Andre mir dabei hilft. Wieder berühren seine Hände meine Brüste und als sich seine Lippen dann auch noch darauf legen, ist es um mich geschehen. Meine Hände machen sich an dem Bund seiner Jeans zu schaffen. Dabei muss ich jedes Mal ein Stöhnen unterdrücken, wenn er mit seiner Zunge über meine Brustwarze fährt. Leise fällt seine Hose auf den Boden und vorsichtig greife ich nach seinen Boxershorts. Ich schiebe meine neugierige Hand hinein, berühre ihn.

„Verdammt, ist der groß!“, ist der erste Gedanke, der mir durch den Kopf schießt, und doch erkunde ich weiter. Aus Andres Mund ertönt ein tiefes Knurren, welches mich augenblicklich innehalten lässt.

„Habe ich was falsch gemacht?“, frage ich vorsichtig und will meine Hand wegziehen. Doch Andre reagiert blitzschnell, hält sie fest und sagt mit seltsam klingender Stimme: „Nein, du machst alles richtig. Aber wenn du so weiter machst, kann ich nicht mehr an mich halten.“

„Oh. Okay.“

Sanft schiebt er mich zu seinem Bett und ich lasse mich drauffallen, ziehe ihn zu mir. Sein Körper ist über mir, seine Hände stützen sich auf der Matratze ab und fasziniert bewundere ich das Spiel seiner Muskeln. Für einen kurzen Moment treffen sich unsere Blicke und ich erschauere, als ich in seinem pures Verlangen entdecke.

„Jenna, noch besteht die Möglichkeit, dies zu beenden. Wenn wir weiter machen, dann kann ich nicht mehr aufhören. Bist du dir sicher, dass du es willst?“ Dabei sieht er mir so tief in die Augen, dass ich das Gefühl habe, er sehe direkt in meine Seele.

„Ich bin mir ganz sicher“, wispere ich und ziehe ihn zu mir.

Sanft öffnet er meine Hose, zieht sie mitsamt meiner Panty aus. Seine Lippen legen sich auf meine und während wir uns küssen, fällt auch seine Boxershorts zu Boden. Nackt liegt er auf mir, seine Hände streicheln meinen Bauch, fahren tiefer zu meiner Mitte. Seine Berührung ist so zärtlich, dass ich beinahe betteln will, sie möge doch etwas fester werden. Seine Küsse werden heißer, fordernder, und ich kralle meine Fingernägel in seine Haut. Seine

Erektion drückt hart gegen meinen Bauch und ich will nur noch das Eine - dass er endlich in mir ist. Andre holt etwas aus seinem Nachttisch und ich sehe, wie er das Kondom überstreift. Dann schließe ich die Augen und fühle nur noch. Mein Herz pocht wie wild, als er sich über mich beugt, vorsichtig meine Mitte öffnet und sich Stück für Stück in mich schiebt. Den kleinen Schmerz, der sich kurz darauf in meinem Inneren ausbreitet, versuche ich zu ignorieren. Andre hält in der Bewegung inne, gibt mir Zeit, mich an das Gefühl zu gewöhnen.

„Okay?“, will er mit zärtlicher Stimme wissen.

„Alles okay“, nicke ich.

Andre bewegt sich ganz vorsichtig in mir, wird dann etwas schneller und ich spüre, wie sich etwas Warmes in mir ausbreitet und immer heftiger wird. Mit einem lauten Schrei werde ich von einer Welle mitgerissen. Kurz darauf kommt auch er.

In meinem ganzen Leben hätte ich mir nie träumen lassen, dass sich Sex so gut anfühlt. Für einen Moment bleiben wir regungslos liegen. Wir bewegen uns nicht und nur unser unkontrollierter Atem ist zu hören. Andre drückt mir einen Kuss auf den Mund und streicht mir eine verschwitzte Haarsträhne aus dem Gesicht.

„Jenna, ich …“

„Ich glaube, eben hast du meine Sucht nach Schokolade übertroffen“, unterbreche ich ihn.

„Waaaas?“ Andre bricht in ein schallendes Gelächter aus, in welches ich sofort einstimme. Hier neben ihm zu liegen, ihn Lachen zu hören, ist ein unbeschreibliches Gefühl, und doch brennt sich eine Frage in meinen Kopf. Aber fragt man so was überhaupt? Tun das nicht nur unsichere Menschen? Und was wird Andre von mir denken? Wird er mich anlügen? Ich muss es einfach tun: „Wie war ich? Ich meine … habe ich mich sehr … also, habe ich mich blöd angestellt?“

Andre dreht sich zu mir. Seine Miene ist ernst und mir schwant Böses.

„Hättest du mal lieber nicht gefragt“, tadelt mich meine innere Stimme.

*

Andre

Jenna ist einfach unglaublich! Da liegt sie neben mir, nackt mit einem noch immer betörenden Duft, und sie fragt mich tatsächlich, ob sie gut war. Durch das schwache Mondlicht kann ich in ihrem Gesicht lesen, dass ihr die Frage wirklich ernst ist. Was soll ich ihr antworten? Dass sie unglaublich war? Dass ich ihr, wenn ich es nicht besser wüsste, nicht glauben würde, dass sie noch nie zuvor mit einem Mann geschlafen hat? Es war unfassbar. Noch nie hat es eine Frau geschafft, solche Gefühle in mir auszulösen.

„Was denn für Gefühle?“, frage ich mich selber und finde darauf keine Antwort.

„Andre?“, unterbricht sie meine Gedanken.

„Tja, also …“, ich räuspere mich kurz, „du solltest noch etwas Nachhilfe nehmen.“

In Gedanken füge ich hinzu: „Aber nur bei mir.“

„So schlecht?“ Ihre betroffene Miene lässt mich meine Worte sofort bereuen. In diesem Punkt versteht sie keinen

Spaß, was auch verständlich ist. Und ich Idiot führe mich auf wie der Elefant im Porzellanladen. Ihr Gesicht wendet sie ab, vergräbt es in einem meiner Kopfkissen.

„Du Idiot. Du dummer, dummer Idiot!“, fluche ich im Stillen und überlege, was ich sagen kann, um die Situation zu entschärfen.

„Hey Hase, also um ehrlich zu sein …“ Vorsichtig berühre ich ihren Arm, will mich entschuldigen für meine unbedachten Worte.

„Ach, schon gut.“ Blitzschnell dreht sie sich um, schubst mich zurück auf den Rücken und klettert über mich. Sie setzt sich rittlings auf mich: „Du kannst ja Nachhilfelehrer spielen.“

Noch bevor ich weiß, wie mir geschieht, rutscht sie auf mir herum, presst ihre Lippen auf meine und küsst mich.

„Halleluja“, entfährt es mir und ein ziemlich verschmitztes Lächeln erscheint auf Jennas Gesicht.

Knapp zwei Stunden später und mit dem Gefühl, keinen Schritt mehr gehen zu können, vernehme ich schließlich Jennas gleichmäßige Atemzüge. Ihr Kopf liegt auf meiner Brust und ihr Arm hält mich fest umschlungen. So, als ob sie ein Kuscheltier an sich drücken würde. Vorsichtig streiche ich ihr Haar, welches mich an der Nase kitzelt, etwas zur Seite. Ich betrachte ihr glückliches, friedliches Gesicht. Zu meiner großen Überraschung muss ich feststellen, dass sich das Gefühl der völligen Zufriedenheit auch auf mich überträgt und das, obwohl ich gerade alle Regeln, die ich mir jemals selbst auferlegt habe, gebrochen habe.

*

Jenna

„Es war nur Sex, belangloser Geschlechtsverkehr", wie ein Mantra wiederhole ich es im Stillen. Dabei ignoriere ich Andre, der so leise wie möglich aus dem Zimmer schleicht, weil er denkt, dass ich noch schlafe. Von wegen. Seit Stunden bin ich wach und frage mich immer wieder, was nur in mich gefahren ist. Gut, der Sex war der Hammer. Besser, als ich ihn mir je vorgestellt hätte, aber kann man das von einem Playboy nicht auch erwarten? Schließlich tut er in seiner Freizeit ja nichts anderes.

Andres Schritte sind nicht mehr zu hören und ich angle nach meiner Kleidung, um mich so schnell wie möglich anzuziehen. Bei Tageslicht sieht er sonst noch meine Orangenhaut. Meine Kleidung riecht nach Rauch und Alkohol und ich komme mir so schäbig vor wie schon seit ewigen Zeiten nicht mehr. Dazu noch die Frage, wie ich mich ihm gegenüber verhalten soll.

„Warum machst du dir darüber einen Kopf? Andre ist in diesen Dingen Profi", flüstere ich leise und schnappe mir den Kaugummi aus meiner Handtasche, um meine Alkoholfahne, vermischt mit dem allmorgendlichen Geschmack in meinem Mund, zu überdecken.

Ich höre Andre in der Küche herumwerkeln, während ich an meinem völlig emotionslosen Gesicht arbeite.

„Du schaffst das. Lass dir nichts anmerken", antworte ich in den Spiegel und wackle auf zittrigen Beinen aus seinem Schlafzimmer die Treppe hinunter zu seiner Küche. Mit jedem Schritt, den ich gehe, werde ich unruhiger, mein „emotionsloses Gesicht" droht mir zu entgleiten.

Und dann sehe ich ihn, wie er mit nacktem Oberkörper an dem Kaffeevollautomaten steht. Er trägt nur eine verwaschene Jeans, die den Bund seiner Boxershorts zeigt. Mein Blick ist auf seinen flachen Bauch gerichtet, auf die kleinen Härchen, die von seinem Bauchnabel abwärts zeigen.

„Guten Morgen“, begrüßt er mich. Er folgt meinem Blick, der wie gebannt auf seinem Hosenschlitz festklebt. Das übliche Playboylächeln umspielt seinen Mund und ich bin unfähig, mich zu rühren, geschweige denn, etwas zu sagen.

„Kaffee?“ Das Lächeln auf seinem Gesicht wird noch eine Spur breiter.

Spontan fallen mir mindestens fünf Gründe dafür ein, abzulehnen, und doch nickt mein Kopf bei dem verströmenden Kaffeegeruch. Erst, als Andre sich wieder umdreht, um eine Tasse für mich aus dem Schrank zu nehmen, erwache ich aus meiner Starre. Das Geräusch des Mahlwerkes, welche meine Kaffeebohnen zu Pulver verarbeitet, kommt mir ungewöhnlich laut vor. Vielleicht liegt es aber auch daran, dass es sonst keine Nebengeräusche gibt. Kein Radio, keine tickende Wanduhr - nichts. Verlegen räuspere ich mich und lehne mich so weit wie möglich von Andre weg an den Kühlschrank. Dabei muss ich mich zwingen, ihn nicht anzusehen, und doch riskiere ich einen Seitenblick.

„Du benimmst dich wie ein verliebter Teenager“, tadelt mich meine innere Stimme.

Mein Hirn verarbeitet diesen Gedanken. Verliebt? Ich, verliebt in Andre? Nein!

„Kannst du ihn ansehen, ohne in seine Arme springen zu wollen? Ohne Herzklopfen zu bekommen?“

„Klar“, antworte ich im Stillen und blicke kurz auf seinen nackten Rücken. Es ist nur eine Millisekunde, nur ein Augenblick. Aber dieser genügt, um mich erschrocken zusammenzucken zu lassen.

„Nein! Oh scheiße“, fluche ich laut und schüttele meinen Kopf. „Ich …also ich … ich muss gehen“, stottere ich, stoße mich vom Kühlschrank ab und suche panisch nach meiner Handtasche. Ohne meine Tasche kann ich kein Taxi rufen. Was heißt, ich komme hier so schnell nicht weg.

„Und dein Kaffee?“, seine Augen liegen auf meinen wild fuchtelnden Händen. „Kann ich dir helfen?“

„Mir ist nicht mehr zu helfen“, will ich schon sagen, stattdessen antworte ich: „Ich suche meine Tasche.“

Ratlos halte ich vor den Barhockern an. Vielleicht ist sie mir runtergefallen und liegt jetzt unter dem Tisch. Langsam lasse ich mich auf meine Knie sinken und suche unter dem verwinkelten Tisch: „Wo zum Teufel steckt sie bloß?“

„Sie ist nicht zufällig schwarz mit kleinen Nietenknöpfen drauf?“

„Genau. Hast du sie gesehen?“

„Ähm, Jenna, ich störe deine Suchaktion wirklich ungern“, antwortet er und ich blicke zu ihm auf. Seine Augen funkeln belustigt, „aber sie hängt dort über deiner Schulter.“ Sein Finger deutet auf meine rechte Seite.

„Was? Das kann doch nicht sein, dass hätte ich doch …“ Ich greife nach rechts, halte mitten im Satz inne, als ich dort meine vermisst geglaubte Tasche fühle. Da baumelt sie, unschuldig, und ich spüre, wie mein Gesicht krebsrot anläuft. Schnell rappele ich mich auf und flüchte so schnell ich kann aus dem Raum.

„Hey Jenna, was ist denn los?“ Ich höre, wie Andre den Kaffeebecher auf den Küchentresen knallt und mir hinterhereilt.

„Nichts, ich muss nur los“, lüge ich und renne auf die Haustüre zu.

„Okay. Dann fahre ich dich.“ Andre ist dicht hinter mir, greift nach seiner Lederjacke, hält aber mitten in der Bewegung inne, weil er merkt, dass er noch kein T-Shirt trägt.

„Das ist wirklich nicht nötig.“ Schnell reiße ich die Tür auf, schon mit einem Bein draußen.

„Verdammt, jetzt bleib stehen!“, flucht er mir hinterher. Doch ich haste, so schnell es meine Schuhe zulassen, über den Kies und bete, nicht in den Steinen hängen zu bleiben. Noch so eine peinliche Situation und ich steige in Andres Liste mit „Die größten Fehltritte meines Lebens“ auf Platz 1 auf.

Endlich habe ich die Straße erreicht und wühle in den Tiefen meiner Handtasche nach meinem Handy. Gerade, als ich es gefunden habe, hält ein Wagen neben mir. Um Haaresbreite wäre mir die Beifahrertür in den Bauch geknallt.

„Steig ein!“ Andre hört sich ziemlich sauer an.

„Wirklich, das ist …“

„Steig ein! Bitte“, kommt es etwas freundlicher.

Es hilft ja doch nichts. Irgendwann muss ich mich Andre stellen und so nehme ich auf dem Beifahrersitz Platz.

*

Andre

Das kalte Leder klebt unangenehm an meinem nackten Oberkörper. Aber Jenna ließ mir ja keine andere Wahl. Was ist nur los mit ihr? Noch nie hat eine Frau nach einer Nacht mit mir so schnell die Flucht ergriffen. Normalerweise ist das dann doch eher mein Part. Kein schönes Gefühl, wie ich ehrlich zugeben muss. Ich möchte mir gar nicht vorstellen, wie oft ich schon von meinen One-Night-Stands verflucht wurde. Ich wage einen Blick zu Jenna, die nervös an ihrer Unterlippe nagt.

„Willst du mir vielleicht sagen, was los ist?“, versuche ich es und achte dabei darauf, dass meine Wut nicht zu deutlich zu hören ist.

„Müssen wir darüber reden?“ Abwehrend kreuzt sie die Arme vor dem Bauch.

Was ist denn das für eine Antwort? Verstehe einer die Frauen! Sie sind es doch, die immer alles bis ins kleinste Detail besprechen wollen.

„Keine Ahnung. Ich verstehe dein Verhalten im Moment nicht so recht.“

„Da bist du nicht der Einzige“, kommt es kaum hörbar von ihr.

„Hat es was mit gestern Nacht zu tun?“, vorsichtig hake ich weiter nach, „oder mit der Taxifahrt?“

Jennas Miene verfinstert sich.

Volltreffer, denke ich und will schon weiterfragen, als sie mit eisiger Stimme sagt: „Ich möchte nicht darüber reden.“

In ein paar Minuten werden wir Jennas Elternhaus erreichen und die Rädchen in meinem Hirn arbeiten auf vollen Touren.

Was ist gestern vor unserer Taxifahrt passiert? Hat ihr Verhalten mit unserer gemeinsamen Nacht zu tun? Ich möchte wissen, was sie denkt, und doch ist mir klar, dass ich keine Antwort von ihr bekomme. Zumindest für den Moment.

Vor ihrem Elternhaus halte ich, blicke beiläufig in den Rückspiegel und was ich da sehe, verschlägt mir die Sprache.

„Das“, ich deute mit dem Daumen hinter mich, „gibt ein Problem.“

„Was?“ Jenna, die bereits die Autotür geöffnet hat, hält mit ihrem Vorhaben, aus dem Auto zu flüchten, inne und blickt wie ich in den Rückspiegel.

„Das darf doch nicht wahr sein!“ Mit großen Augen verfolgt sie das Szenario im Auto hinter uns und hält sich sprachlos die Hand vor den Mund.

„Was gedenkst du zu tun?“ Fragend blicke ich Jenna an, die kreideweiß im Gesicht ist.

„Ich … ich habe absolut keine Ahnung.“ Mit ihren Fingern fährt sie sich durch ihr Haar, das vom Schlaf noch in alle Richtungen absteht. „Das alles ist meine Schuld.“

„Hase, ich bitte dich …“

„Komm mir jetzt nicht so. In wenigen Tagen will Vanessa Marc heiraten und nun das. Warum ist sie hier und nicht in ihrer Wohnung?“

„Also, im Moment sieht es nicht so aus, als ob sie wirklich gedenkt zu heiraten, und der Mann neben ihr ist vermutlich auch der Grund, warum sie nicht zu Marc in ihre

Wohnung gefahren ist“, kann ich mir nicht verkneifen und wende meinen Blick von Vanessa ab, die beinahe auf Tims Schoß sitzt. Es gibt Länder auf dieser Erde, da ist es verboten, sich so hemmungslos knutschend in der Öffentlichkeit zu zeigen.

Jenna stöhnt: „Mein Leben ist die reinste Katastrophe.“

„Was hat dein Leben jetzt mit dem Fremdknutschen von Vanessa zu tun?“

„Ich … also gestern …“, stottert sie, sieht mich verzweifelt an, „ach, du würdest es eh nicht verstehen.“

„Versuch es doch wenigstens“, ermuntere ich sie. Dabei werfe ich einen Blick auf ihre ineinander verkrampften Finger.

Unruhig rutscht sie auf dem Sitz herum: „Also, gestern Abend in der Bar, da ist etwas ziemlich Dummes passiert … ich wollte es nicht … aber ich …“

Jennas Stimme überschlägt sich beinahe.

„Hey, ganz langsam. Was ist gestern in der Bar passiert?“

„Du musst mir glauben, ich wollte es nicht! Es war nicht meine Idee und …bevor ich überhaupt wusste, wie mir geschieht, war es schon zu spät.“

Ich greife nach Jennas eiskalten Händen, um sie zu beruhigen. Ich blicke in ihre Augen, die Unsicherheit, Verzweiflung und Entsetzen widerspiegeln.

„Was wolltest du nicht? Ich kann dir helfen, aber dazu muss ich wissen, was dich so bedrückt.“

„Marc, er hat …“

Weiter kommt Jenna nicht, denn in diesem Moment werden wir von einer zugeschlagenen Autotür gestört.

„Ich …ich sollte lieber gehen." Jenna schlüpft so schnell sie kann aus dem Auto. Ich sehe, wie sie ihrer Schwester durch den Garten folgt. Zurück bleibe ich, mit einem Kopf voller Hirngespinste und der Frage, was gestern Abend in der Bar passiert ist.

*

Jenna

Vanessa stampft in ihremdem genauso unpassenden Sonntagmorgenoutfit, genauso wie ich selbst, durch den Garten. Allerdings sieht ihr Haar um Welten ordentlicher aus als mein eigenes. Aus dem Augenwinkel kann ich unsere neugierige Nachbarin Frau Baumgartner erkennen, die vorgibt, ihre Rosen zu stutzen. Dabei weiß ich genau, dass sie sich beinahe den Kopf verrenkt, um uns zu beobachten. Aber es ist mir egal. Ich muss mit Vanessa sprechen und das geht nur, wenn weder Ilse noch meine Eltern in der Nähe sind.

„Vanessa, warte", rufe ich ihr zu.

„Jenna, hi. Wo kommst du denn um diese Zeit her?" Vanessa bleibt stehen und dreht sich langsam zu mir um.

Hat sie Andres Auto tatsächlich nicht bemerkt? Aber das ist beinahe unmöglich.

„Andre hat mich eben hergebracht. Wart ihr bis jetzt unterwegs?", hake ich nach und spreche absichtlich etwas leiser. Feind hört schließlich mit.

„So in etwa", weicht sie meiner Frage aus und zupft ihr Top zurecht. Über ihrem Oberteil trägt sie ein langarmiges, grün kariertes Hemd und es ist unschwer zu erkennen, dass es sich um ein Männerhemd handelt. Was sicher nicht Marc gehört. Er würde niemals ein so modisches Hemd tragen. Marc ist da eher der Typ Mann, der sich alle paar Monate einen Stapel langweiliger Hemden kauft, die er auch noch in drei Jahren tragen kann. Oder könnte, würde er es schaffen, sein Gewicht zu halten.

Vanessa folgt meinem Blick, deutet meine gerunzelte Stirn wohl richtig und doch sieht sie überhaupt nicht schuldbewusst aus.

„Wer war alles dabei?“, die Frage ist so was von sinnlos, aber ich habe noch einen Funken Hoffnung.

„Was soll das Jenna? Wird das ein Verhör?“, zischt sie mir unfreundlich zu und wirft einen Blick zu unserer Nachbarin, die beinahe über der Hecke zu unserem Grundstück hängt.

Ich beschließe, nicht mehr lange um den heißen Brei herumzureden, und komme auf den Punkt: „Ich habe dich und Tim gesehen. Du … ihr habt euch geküsst.“

„Ich weiß.“

Zwei einfache Worte, die so unbeeindruckt aus ihrem Mund kommen, als ob es das Natürlichste der Welt sei.

Sprachlos starre ich sie an. Hat sie denn gar kein schlechtes Gewissen?

„Jetzt schau mich nicht so an.“ Ihre Miene ist unbeeindruckt.

„Aber du heiratest in wenigen Tagen.“

„Denkst du, das weiß ich nicht?“ Vanessa geht einfach weiter durch den Garten und lässt mich alleine unter dem großen Apfelbaum zurück, der in diesem Moment ein paar Zentimeter vor meinen Füßen einen saftig roten Apfel zu Boden fallen lässt.

„Danke aber auch“, vorwurfsvoll blicke ich zu dem Baum empor, „hier ist mein Kopf. Da solltest du mich treffen.“ Dabei tippe ich auf meine Stirn.

Die Wahrscheinlichkeit, von einem Apfel am Kopf getroffen zu werden und einen Gedächtnisverlust zu erleiden, ist vermutlich zu gering. So bleibt mir also nichts anderes übrig, als meiner Schwester ins Haus zu folgen und zu hoffen, irgendwie aus der Nummer wieder rauszukommen.

Den halben Morgen versuche ich, Vanessa alleine zu erwischen. Ich muss mit ihr sprechen. Nicht nur wegen Marc, der mich geküsst hat, sondern auch wegen Tim und ihr.

Doch nachdem sie eine halbe Ewigkeit das Bad in Beschlag genommen hat und nun auf dem Sofa liegt und mit Dad eine Sendung übers Angeln ansieht, bleibt mir also nichts anderes übrig, als noch zu warten. Meinen Eltern scheint es außerdem zu gefallen, die ganze Familie vereint zu haben. Was in den letzten Jahren nur noch selten vorkam.

Müde und mit dem Kopf voller Gedanken, schlurfe ich ins Badezimmer. Eine heiße Dusche ist genau das, was meine beanspruchten Muskeln jetzt brauchen. Aus seltsamen Gründen werde ich das Gefühl nicht los, an Stellen Muskelkater zu haben, die überhaupt gar keine Muskeln besitzen. Vielleicht gehen darum so viele Frauen zum Yoga, weil sie beim Liebesspiel gelenkiger werden wollen. Vielleicht sollte ich es auch einmal ausprobieren, damit ich Andre das nächste Mal eine Position bieten kann, die …

Mitten in meiner Überlegung halte ich inne: „Es wird kein nächstes Mal geben."

Das heiße Wasser umhüllt meinen Körper wie ein Mantel und mit geschlossenen Augen genieße ich die Wärme, die mich umgibt. Ich befehle mir, an nichts zu denken, meinem Hirn eine Pause zu gönnen. Doch das gelingt mir gerade einmal 30 Sekunden, denn dann schleicht sich das Bild von zwei undefinierbar blauen Augen in meinen Kopf und schon bleibe ich wieder an ihm hängen. An seinen Händen, die so zärtlich meinen Körper berührt haben, seinen Lippen, und ich male mir aus, wie es wohl sein könnte. Wir beide als Paar. Jeden Morgen mit dem Anblick seines nackten Oberkörpers geweckt zu werden. In seinen Armen aufwachen und…

„Jetzt reiß dich aber zusammen. Du und Andre, das wird niemals passieren", schelte ich mich laut und lenke mich mit einem Lied von Elvis Presley ab.

Nach meiner Dusche fühle ich mich schon etwas besser und so gehe ich mit meiner schwarzen Sporthose und dem übergroßen T-Shirt bekleidet nach unten. Auf dem Treppenansatz halte ich kurz inne und lausche nach unten, ob ich irgendwo Stimmen höre. Doch im kompletten Haus herrscht eine beinah gespenstische Ruhe. Es ist kurz nach halb eins. Eigentlich müsste meine Mutter in der Küche stehen und ihr allwöchentliches Festessen zaubern. Ich recke meine Nase in die Luft, schnüffle wie ein Hund und rieche doch nichts. Kein Braten, muss ich mit Bedauern feststellen, denn seit gestern Abend habe ich nichts mehr gegessen.

„Hallo, ist jemand hier?", rufe ich durch das Haus. Keine Antwort. Niemand da.

Zu faul, um meine Beine richtig zu heben, schlurfe ich in die Küche, öffne den Kühlschrank und hole zwei Eier, Käse und Salami heraus. Gerade, als ich den Schrank öffnen will, um nach der Pfanne zu greifen, höre ich jemanden im Garten sprechen.

Obwohl ich nicht genau verstehen kann, was geredet wird, merke ich doch, dass es keine freundliche Unterhaltung ist.

Meine Neugierde ist größer als mein Anstand und so stelle ich die Lebensmittel wieder in den Kühlschrank, vertröste meinen wild protestierenden Magen auf später und schleiche mich auf Zehenspitzen in den Garten.

Woher kommen die Stimmen? Vermutlich aus Dads Holzschuppen, denn dort ist die einzige Möglichkeit, sich in einer normalen Lautstärke im Garten zu unterhalten, ohne dass die liebe Frau Baumgartner alles mitbekommt.

Die Tür zu dem Gartenhäuschen ist geschlossen. Was gut ist, denn so kann ich mich unbemerkt hinter den Sträuchern verstecken und bekomme doch mit, wer da diskutiert.

„Was fällt dir eigentlich ein mit diesem dahergelaufenen Typen die Nacht zu verbringen?“ Die Stimme wird lauter und man muss kein ausgezeichnetes Gehör haben, um zu wissen, dass sie Marc gehört.

„Brüll mich nicht an. Ich habe keine Lust, dass die ganze Nachbarschaft unsere Unterhaltung mitbekommt“, vernehme ich die Stimme meiner Schwester.

„Ich brülle, solange ich es will! Weißt du eigentlich, was diese Hochzeit mich kostet? Ein halbes Vermögen! Und du willst sie absagen, weil du meinst, die Beine für so einen Schlappschwanz breit machen zu müssen?“

Marcs wütende Stimme nimmt an Lautstärke zu. Von dem so bedachten Anwalt, der nie die Fassung verliert, ist nichts mehr zu erkennen.

„Immer hast du nur dein Geld im Kopf. Nie geht es dir um mich.“ Vanessa klingt weinerlich fremd in meinen Ohren.

„Wer wollte denn eine große Hochzeit? Du! Wer wollte ein Cabrio? Du! Wer wollte Urlaub auf Hawaii? Du! Und wer bezahlt das alles? Ich! Du wirst mir jeden einzelnen Cent zurückzahlen. Hast du das verstanden?“ Marcs Stimme ist so eisig, dass es selbst mir einen Schauer über den Rücken jagt. So habe ich ihn noch nie erlebt und ich möchte jetzt absolut nicht in Vanessas Haut stecken.

„Du willst die Hochzeit absagen?“ Vanessa ist kaum noch zu hören.

„Natürlich. Glaubst du im Ernst, ich heirate eine Schlampe? Du hast genau zwei Stunden Zeit, um deinen Krempel aus meiner Wohnung zu holen …“ Mit diesen Worten reißt er blitzschnell und für mich völlig unerwartet die Tür auf. Vor lauter Schreck komme ich ins Straucheln, verfange mich in einem Zweig und kann mich nicht mehr verstecken.

„Jenna?“ Überrascht sieht er mich mit hochrotem, wutverzerrtem Gesicht an. Seine Augen scheinen beinahe herauszufallen.

„Hi.“ Ich stehe da wie ein Vollidiot, mit der flachen Hand zum Gruß ausgestreckt.

„Was tust du hier?“, will nun Vanessa wissen, die blass um die Nase aussieht.

„Ich habe Stimmen gehört“, unauffällig zupfe ich ein Blatt aus meinem Haar, „und wollte nachsehen, was los ist.“

„Tja, kleine Jenna, du kommst genau richtig, um deiner Schwester von unserem gestrigen Kuss zu erzählen.“ Mit diesen Worten marschiert Marc an uns vorbei durch den Garten zu seinem Auto. Zurück bleibe ich mit Vanessa, die mich mit zusammengekniffenen Augen ansieht, die Arme vor der Brust verschränkt, und mit dem Fuß auf dem Grasboden tippt.

Kapitel 8

*

Andre

„Marc?“ Überrascht halte ich inne. Marc steht vor meiner Haustür. Sein Gesicht ist beinahe krebsrot, sein Haar steht ihm wild vom Kopf ab. So, als ob er immer wieder mit den Händen durchgefahren wäre.

„Kann ich reinkommen?“

„Klar.“ Verblüfft trete ich zur Seite. Seit Beginn unserer Freundschaft ist er noch nie unerwartet aufgetaucht. Ich lasse ihn ins Wohnzimmer vorangehen, wo er sich auf die Couch wirft und mit dem Ärmel seines Hemdes über die Stirn fährt.

„Möchtest du was trinken?“ Ich ignoriere die Schweißflecken unter seinen Achseln, die sein babyblaues Hemd dunkel verfärbt haben. „Wasser, Bier?“

„Ich brauche etwas Stärkeres. Am besten einen Whisky.“

Kurz nicke ich, schenke zwei Gläser mit der braunen Flüssigkeit ein und reiche im eines. Dann nehme ich auf dem Sessel ihm gegenüber Platz und warte. Warte, bis er anfängt zu erzählen.

Marc führt den Whisky an den Mund: „Prost.“

In einem Zug leert er das Glas, verzieht dabei keine Miene und reicht es mir, um es erneut aufzufüllen.

Auch wenn er mein Kumpel ist, bin ich doch nicht bereit, mir an einem strahlend blauen Nachmittag die Kante zu geben. Also nippe ich an meinem Glas und sehe zu, wie er auch das zweite in einem Zug leert.

Wortlos verlangt er, dass ich nachschenke, und ich tue es.

„Die Hochzeit findet nicht statt. Ich werde Vanessa nicht heiraten." Marc schwenkt das Gefäß in seiner Hand und lässt die braune Flüssigkeit immer wieder im Glas kreisen. „Sie hat mich betrogen. Mit diesem Waschlappen."

„Tim?" Blöde Frage, denn eigentlich kenne ich die Antwort.

Marc nickt: „Kannst du dir das vorstellen? Sie betrügt MICH. Diese Schlampe, was bildet die sich ein? Nimmt mich aus wie eine Weihnachtsgans! Verlangt eine Hochzeit, die Tausende Euro kostet und zahlt selbst keinen Cent. Aber eines kann ich dir versichern, die zahlt mir jeden Cent zurück!"

Er stützt sich auf seinen Oberschenkeln ab und sieht mich an, als ob es meine Schuld wäre, dass Vanessa was mit Tim hatte.

Marcs Schimpftirade über Vanessa will kein Ende nehmen. Geduldig höre ich ihm zu, schenke ihm immer wieder nach und kann beobachten, wie seine Augen diesen verschwommenen Ausdruck annehmen. Beim Sprechen lallt seine Stimme und als er sich nun erhebt, um auf die Toilette zu schwanken, beschließe ich, den Whisky mit Wasser zu strecken.

Mein Vorhaben wird allerdings von meinem klingelnden Handy unterbrochen: „Ja?"

„Hi Süßer. Hier ist Laura." Die Stimme am anderen Ende ist viel zu hoch, viel zu gekünstelt, und ich frage mich, was mich nur geritten hat, mit ihr zu schlafen.

„Hi Laura“, flüstere ich leise, damit Marc nichts von unserer Unterhaltung mitbekommt.

„Warum bist du gestern einfach abgehauen?“

„Im Moment habe ich wirklich absolut keine Zeit, um mit dir zu telefonieren. Dein Bruder ist da und …“

„Na und? Ich möchte aber jetzt mit dir telefonieren“, gibt Laura mit bockiger Stimme von sich.

„Verdammt, was willst du?“, kommt es mir unfreundlicher als beabsichtigt aus dem Mund. Dabei blicke ich immer wieder zur Gästetoilette.

„So nicht, mein Lieber! Mit deiner kleinen Freundin Jenna“, dabei spuckt sie das Wort Freundin verächtlich aus, „kannst du so sprechen, aber nicht mit mir.“

„Es tut mir leid. Was kann ich für dich tun?“ Zum Glück sieht sie nicht, wie ich die Augen verdrehe.

„Ich möchte, dass wir uns treffen. Etwas Spaß haben.“

„Falls es dir entgangen ist, habe ich eine Freundin.“ Ungeduldig erhebe ich mich, als ich höre, dass Marc die Spülung betätigt.

„Du willst mir doch nicht sagen, dass diese Landstreicherin deinen Anforderungen entspricht.“ Laura lacht, amüsiert über die Vorstellung, in den Hörer.

„Doch, das tut sie, Laura.“ Ich schließe kurz die Augen und strafe mich in Gedanken dafür, ihren Namen ausgesprochen zu haben. Aber Marc ist noch immer nicht da.

„Natürlich.“ Ihr Lachen wird noch lauter, so, als ob ich ihr einen Witz erzählen würde.

„Hör mir mal zu. Jenna hat all das, was du nie haben wirst ...“

„Ach ja? Und was soll das bitte sein? Mit ihrem Aussehen und …“

„Jenna hat mein Herz!“ Diese vier Worte kommen mir so schnell über die Lippen, dass ich erschrocken zusammenzucke. Kurz frage ich mich, ob ich das wirklich laut ausgesprochen habe.

Das Schweigen am anderen Ende der Leitung macht es mir nicht einfacher und ich schließe meine Augen, um mich zu sammeln: „Laura, ich … das mit uns war eine einmalige Sache. Wir werden uns nicht mehr treffen. Zumindest nicht mehr so. Du bist ein liebes Mädchen, aber wir beide … das würde nicht passen. Du bist Marcs Schwester und …“

Weiter komme ich nicht, denn Laura hat einfach aufgelegt.

„Ich fasse es nicht! Duuu hast mit meiner Schwester geschlafen?“, lallt Marc.

Das Handy gleitet aus meiner Hand, fällt mit einem dumpfen Knall auf den Boden: „Marc, ich…“

„Du Bastard.“ Marc kommt schwankend auf mich zu.

„Beruhige dich doch! Lass es mich erklären“, versuche ich ihn zu besänftigen. Ich möchte mich ungern mit meinem Kumpel prügeln.

„Duuu.“, seine Faust drückt hart auf meine Brust, „bist die längste Zeit mein Freund gewesen.“

„Marc…“

„In diesem Fall kann ich dir auch sagen, dass ich und Jenna uns gestern geküsst haben.“

„Was? Das kann nicht sein!“ Ich traue meinen Ohren nicht, will ihm das selbstgefällige Grinsen, mit dem er jetzt vor mir steht, aus dem Gesicht prügeln.

„Doch! Und eines kann ich dir sagen, es war ein Fehler, Jenna zu betrügen mit dieser Schlampe. Jenna hätte mich nie betrogen, sie … ach vergiss es." Mit diesen Worten dreht er sich um und torkelt aus dem Raum zur Haustür. Ich höre, wie die Tür hinter Marc krachend ins Schloss fällt, und bin so benommen von der Neuigkeit, dass ich mich nicht rühren kann. Auch als Marc volltrunken in sein Auto steigt und mit laut quietschenden Reifen vom Hof fährt, stehe ich immer noch fassungslos da.

*

Jenna

Seit Marc wie ein Tornado durch unseren Garten gefegt ist und alles zerstört hat, was Vanessa und ich seit Wochen versuchen aufzubauen, sind drei Stunden vergangen. Ilse war es, die mich und meine Schwester im Garten vorgefunden hat. Zwei Schwestern, die für denselben Mann Gefühle hegten und von diesem bitter enttäuscht wurden.

Ilse hat sofort gemerkt, dass etwas nicht stimmt, und da diese für meine Wenigkeit mehr Sympathien hegt, hat sie Vanessa so bitterböse angesehen, dass meine Schwester wortlos im Haus verschwunden ist.

Jetzt sitze ich hier auf der alten Bank, die bereits meiner Urgroßmutter gehört hat. Das mittlerweile weiß gestrichene Holz wackelt bei jeder Bewegung gefährlich und gibt ein böses Quietschen von sich. Ilse, die neben mir sitzt und sich nun schon die vierte Tasse Tee einschenkt, sieht mich fragend an.

„Nein, danke." Schnell ziehe ich meine Tasse weg, denn von dem seltsam schmeckenden Tee ist mir schon ganz anders. Stattdessen greife ich nach dem Teller mit Schokoladenkeksen und hoffe, Keks Nummer fünfunddreißig kann meine Nerven endlich beruhigen.

„Wo waren wir stehengeblieben?“ Ilse mustert mich, führt dabei die dampfende Tasse Tee an den Mund und nippt daran.

„Bei dem Junggesellinnenabend.“

„Richtig. Also dieser Tim war dein ursprünglich gemieteter Mann.“

Ich nicke und lecke mir die Kekskrümel vom Daumen. Dabei zucke ich auch diesmal zusammen, wenn ich die Worte gemieteter Mann höre.

„Und dieser Tim hat Vanessa an diesem Abend den Hof gemacht?“, will Ilse wissen.

„Ich glaube, es war eher andersrum. Vanessa hat Tim den halben Abend in Beschlag genommen. Hat ständig mit ihm geflirtet.“

„Und das hat dann ihr Verlobter mitbekommen, als er in dem Tanzcafé war?“

„Nein, Vanessa und Marc haben sich nicht gesehen. Nur ich habe ihn getroffen, als ich an der Bar war, um etwas zu trinken zu besorgen.“ Ich sehe, wie Ilse mir aufmerksam zuhört. „Es waren ziemlich viele Menschen in der Bar und dann … ich weiß selbst nicht genau, woher Marc auf einmal kam. Jedenfalls stand er vor mir. Wir haben uns unterhalten und dann … er… alles ging so schnell! Er hat mich geküsst und zuerst war ich so geschockt, dass ich nicht reagiert habe und dann habe ich ihn weggestoßen und ihn angeschrien. Doch er hat mich nur ausgelacht und gemeint, mir würde eh niemand glauben, weil alle Welt weiß, dass ich ihn immer noch liebe.“

„Und?“ Ilses Miene ist noch genauso verständnisvoll wie zu Anfang meiner Erzählung.

„Ich habe ihn nicht geküsst“, kommt es mir viel schärfer als gewollt über die Lippen.

„Das meine ich nicht. Ich meine, liebst du diesen Marc noch? Oder Andre?“

„Ich weiß es nicht. Marc war immer der Mann meiner Träume. Bis vor ein paar Tagen hätte ich noch alles für ihn getan …“ Ich halte inne, um meine Gedanken zu ordnen. Was ist jetzt? Marc hat mich geküsst, er und Vanessa sagen die Hochzeit ab. Er wäre wieder frei. In meinem Kopf produziere ich ein Bild von ihm und mir, wie wir händchenhaltend über eine Wiese voller Gänseblümchen springen.

„Äh, Jenna, nur zur deiner Information, Marc ist allergisch gegen Gänseblümchen. Vermutlich würde er keine 400 Meter überleben“, erinnert mich meine innere Stimme.

„Und was ist mit diesem adretten Andre?“ Ilse beugt sich zu mir vor, tätschelt mein Knie und holt mich so aus meiner Fantasie zurück.

„Andre?“ Das Bild von seinem nacktem Oberkörper, seinem Lächeln, seinen Augen steigt in meinen Kopf und ich spüre, wie sich mein Herzschlag beschleunigt, wie mein Magen leicht kribbelt.

„Schöne Männer hat man nie für sich alleine. Er und ich, das bleibt eine Wunschvorstellung. Er hat mir nur geholfen. Er empfindet nichts für mich.“

„Tja, meine Liebe. Das sehe ich anders.“

„Nein, das kannst du mir glauben. Andre möchte nichts Festes.“ Der Keks in meinem Mund fühlt sich urplötzlich staubtrocken an und ich habe ein Gefühl, als ob sich meine Spucke verabschiedet hätte.

„Nun, ich bin eine alte Frau und meine Augen sind vielleicht nicht mehr die besten, aber so, wie dich Andre ansieht - das kann er nicht spielen." Ilse klingt viel zu überzeugt von der Vorstellung und ich würde nur zu gerne ebenfalls ihrem Enthusiasmus glauben.

Ich blicke meine liebe Vermieterin an, ihr Gesicht, die Falten an der Stirn, und obwohl wir einen gewaltigen Altersunterschied haben, ist sie für mich doch eine Freundin geworden. Ilse hat mich kein einziges Mal bei meiner Erzählung unterbrochen oder mir einen schiefen Blick zugeworfen. Selbst, als ich zugegeben habe, Andre gebeten zu haben, meinen Freund zu spielen.

„Wie auch immer. Du solltest mit deiner Schwester sprechen."

„Ich weiß", seufze ich und schiebe den Teller mit Keksen weg. Der Gedanke, noch einen einzigen herunterschlucken zu müssen, widerstrebt mir zutiefst.

„Dann geh. Bevor sie deinen Eltern noch etwas Unrechtes erzählt."

Langsam erhebe ich mich. Denn ich fühle mich, als ob ich dem Scharfrichter vorgeführt werden würde. Was vielleicht in Anbetracht von Vanessas vorherigem Gesichtsausdruck nicht ganz falsch ist.

Ich muss nicht lange suchen, um sie zu finden. Sie ist in ihrem Zimmer und die Musik aus ihrer Anlage beschallt das komplette obere Stockwerk. Meine Faust hämmert an die geschlossene Tür: „Vanessa?"

Nichts passiert. Kein Schritt ist zu hören, nur das gleichmäßige Wummern des Basses, das die Wände beinahe vibrieren lässt.

Ich versuche es erneut und als auch daraufhin keine Reaktion von ihr zu erkennen ist, trete ich einfach ein. Die pastellfarbenen Vorhänge sind zugezogen und lassen nur wenig Licht in den Raum. Vanessa hat sich auf ihrem Bett ausgebreitet und wühlt in einem der vier Koffer herum.

„Hast du deine Sachen geholt?", brülle ich durch den Lärm.

„Sieht wohl so aus." Sie greift nach der Fernbedienung der Anlage und macht die Musik leiser. „Erzählst du mir jetzt, was Marcs Anspielung sollte?"

„Nun also …" Unruhig wechsele ich von einem Bein auf das andere, unfähig, meiner Schwester in die Augen zu blicken. Obwohl ich weiß, dass es Marc war, der mich geküsst hat, habe ich doch ein schlechtes Gewissen. Schließlich verging in den letzten Jahren kein Tag, an dem ich mir nicht genau diese Situation gewünscht hätte.

„Ich warte, Jenna." Vanessa greift nach einem grünen Top und lässt den Stoff durch ihre Finger gleiten, dabei sieht sie mich mit zusammengekniffenen Augen an.

„Also, gestern in der Bar … ich hatte mir gerade etwas zu trinken geholt und dann hat mich Marc angesprochen." Bei der Erwähnung von seinem Namen zuckt Vanessa leicht zusammen und ich fahre fort: „Wir haben uns unterhalten und dann wurde ich angerempelt und Marc hat mich aufgefangen …"

„Ah und da dachtest du dir, perfekt, so nah komme ich meinem zukünftigen Schwager wohl nie wieder und hast ihn geküsst.“ Vanessa wirft das Top zurück in den Koffer und klappt den Deckel in einem Schwung wütend zu.

„Nein, so war es nicht! Er hat mich geküsst“, beeile ich mich zu sagen, doch Vanessa lacht nur höhnisch auf: „Natürlich!“

„Mir ist schon klar, dass du sauer bist und mir nicht glauben magst. Aber so war es. Wirklich!“ In ihren Augen kann ich lesen, dass sie mir das nicht abnimmt.

Ich weiß nicht, ob ich mir an ihrer Stelle glauben würde.

Und dann setzt Vanessa erneut an: „Das war deine Rache, stimmt‘s? Du wolltest dich rächen, weil Marc dich betrogen hat.“

Wild schüttele ich den Kopf. Ich möchte sie anflehen, mir zu glauben, doch Vanessa spricht einfach weiter: „Und weißt du was? Ich bin froh, dass er es getan hat.“

„Was?“ Benommen stehe ich da. Jedes ihrer Worte versetzt mir einen Stich mitten ins Herz. Ich spüre, wie sich meine Augen mit Tränen füllen, wie sich meine Kehle zuschnürt.

Vanessa erhebt sich, bleibt vor mir stehen und ich sehe den Hass in ihren Augen: „Jahrelang habe ich mir Vorwürfe gemacht. Habe den Tag verflucht, als er mich zu sich eingeladen und geküsst hat, obwohl ihr noch zusammen wart. Hätte ich gewusst, dass du nur auf den richtigen Zeitpunkt wartest, um es mir heimzuzahlen, hätte ich mir das schenken können.“

„Nein… bitte, du musst mir glauben! Er hat mich geküsst!“, flehe ich sie an, will es richtig stellen, doch Vanessa dreht sich um. Ich sehe, wie sie ihre Schultern sinken lässt, wie ihr Rücken von einem Schluchzen erschüttert wird: „Geh einfach. Ich habe dir nichts mehr zu sagen.“

„Bitte…“

„Hau ab“, schreit sie nun und ich weiß, jede Sekunde, die ich länger hier bin, ist verschwendete Zeit.

*

Andre

Schon seit geschlagenen zwanzig Minuten sitze ich hier in meinem Wagen und starre empor zu dem erleuchteten Fenster. Nur dieses eine Licht erhellt den friedlich wirkenden Garten. Das restliche Haus liegt still und dunkel vor mir. Vorsichtig öffne ich die Autotür, berühre den Kies, der unter jedem meiner Schritte gefährlich laut knirscht. Es ist mitten in der Nacht und ich fühle mich wie ein Einbrecher.

Während ich auf Jennas Fenster zugehe, überprüfe ich mein Handy. Es ist zwei Uhr morgens und noch immer habe ich auf meine Anrufe oder SMS an Jenna keine Antwort erhalten.

Vor ihrem Fenster bleibe ich stehen und lasse mein Handy erneut ihre Nummer wählen. Das Tuten hört sich in meinen Ohren unheimlich laut an. Nichts passiert. Jenna nimmt nicht ab und auch in ihrem Zimmer bewegt sich nichts.

„Na toll, und was mache ich jetzt?“, frage ich mich leise und meine innere Stimme antwortet mir: „Vielleicht hättest du dir das, bevor du wie von der Tarantel gestochen hierher gefahren bist, überlegen sollen.“

„Danke aber auch“, flüstere ich in die Nacht und blicke mich suchend um. Es muss doch irgendeine Möglichkeit geben, um mit Jenna sprechen zu können.

Kurz überlege ich, ob ich an dem Rosenrankgitter hinaufklettern soll. Doch ich bezweifle, dass es meinem Gewicht standhalten kann.

Vor meinen Füßen liegen kleine Kieselsteine. Ohne lange zu zögern, nehme ich eine Handvoll und werfe ein Steinchen an die Fensterscheibe. Dabei bete ich, dass Jennas Eltern einen tiefen Schlaf haben. Nicht auszudenken, wenn sie mich sehen und für einen Einbrecher halten würden.

Das Fenster bleibt verschlossen. Ich versuche es erneut. Der Kieselstein klirrt an der Scheibe und fällt dann wieder zu Boden. Gerade, als ich erneut ansetzen will, wird das Fenster endlich geöffnet. Ein blonder Haarschopf sieht sich fragend um.

„Hier unten“, rufe ich leise zu Jenna hoch.

„Du? Was um alles in der Welt machst du denn da?“ Jenna sieht verwirrt aus und wirft sich ihr langes Haar aus dem Gesicht.

„Ich muss mit dir reden. Kommst du runter?“

„Andre, ich … das ist keine gute Idee.“

„Willst du, dass sich hier stehenbleibe und die ganze Nachbarschaft aufwecke?“ Ich sehe, wie sie die Augen verdreht.

„Das würdest du nicht tun.“

„Bist du dir da sicher?“ Ich kann mir ein Grinsen nicht verkneifen.

Jenna stöhnt: „Na gut. Warte!“ Mit diesen Worten schließt sie das Fenster und ich ignoriere meinen Herzschlag, der sich allein bei ihrer Stimme beschleunigt. Der Gedanke, sie gleich zu berühren, an ihrem Haar zu riechen, lässt meinen Magen einen Salto schlagen.

„Du bist verrückt", werde ich von Jenna aus meinen Gedanken gerissen. Da steht sie nun, dicht vor mir. Sie trägt eine ausgebeulte Schlafhose und ein übergroßes T-Shirt, darüber eine schwarze Strickjacke.

„Du hast nicht auf meine Anrufe reagiert", versuche ich den Drang zu unterdrücken, sie an mich zu ziehen.

„Ich hatte andere Sorgen, als mich mit meinem One-Night-Stand zu unterhalten." Jenna zieht sich ihre Jacke eng um den Körper.

„Autsch."

„Pst." Alarmiert sieht Jenna hoch zum Fenster. „Komm mit. Du weckst noch das ganze Haus auf."

Ihre Hand greift nach meinem Unterarm und zieht mich in den dunklen Garten. Im hintersten Teil, bei einer Art Schuppen, hält sie an, öffnet die Tür und geht hinein.

Hinter uns schließt sie die Tür und steht so dicht bei mir, dass ich ihren Geruch von Schokolade, vermischt mit Zitrus, riechen kann.

„Also, was führt dich her?"

„Marc war bei mir", platzt es aus mir heraus und ich verfluche die Dunkelheit, denn so kann ich ihren Gesichtsausdruck nicht erkennen.

„Bevor du etwas sagst, er hat mich geküsst. Ich wollte das alles nicht. Aber mir glaubt ja eh niemand. Die Hochzeit ist abgesagt und morgen früh fahre ich wieder zurück nach München", sprudelt es aus Jenna heraus.

„Was?“ Ich weiß nicht, was mich mehr schockiert. Die Nachricht, dass Marc Jenna geküsst hat, oder die Tatsache, dass sie morgen abreist.

„Du hast richtig gehört. Dein toller Freund Marc hat mich geküsst. Aber weder meine Eltern noch Vanessa wollen mir glauben. Hier bin ich gerade so etwas wie das faule Ei und deswegen reise ich morgen ab.“

„Jenna, ich … also, ich denke, du solltest bleiben.“ Die Vorstellung, sie gehen zu lassen, gefällt mir gar nicht.

„Mit dieser Meinung stehst du wohl alleine da. Meine Eltern halten zu Vanessa, zumindest hat es den Anschein … ich kann hier nicht bleiben.“ Das schwache Mondlicht ummalt ihre Umrisse und ich taste nach ihr.

Kaum halte ich ihre weichen Hände in meinen, will sie sie mir schon wieder entziehen.

„Dann komm mit zu mir“, höre ich mich selber sagen und halte sie fest.

Jenna lacht gekünstelt auf: „Und dann? Willst du dann noch immer meinen Freund spielen?“

„Ich weiß nicht. Fühlst du noch was für Marc?“ Die Frage brennt mir seit Stunden auf der Zunge und ich muss es einfach wissen.

„Marc? Du meinst wegen des Kusses?“

Ich nicke, obwohl sie es kaum sehen kann.

„Was soll ich sagen? Es gab keinen Tag, an dem ich mir nicht gewünscht hätte, Marc würde zu mir zurückkommen. Keine Minute verging, in der ich nicht an ihn gedacht habe.“

„Und nun, ich meine jetzt, wo er …“ Weiter komm ich nicht, denn sie unterbricht mich, zieht ihre Hände mit einem Ruck weg und antwortet: „Danke für alles, Andre.

Aber das Angebot, bei dir zu wohnen, kann und will ich nicht annehmen. Im Moment kann ich kaum einen klaren Gedanken fassen und wenn ich bei dir bin, macht es das nur noch schlimmer."

Und dann drückt sie mir einen Kuss auf die Wange, eilt aus der Hütte und lässt mich zurück. Dort stehe ich, unfähig, das gerade Geschehene zu kapieren.

„Das war ein Abschiedskuss", sagt mir mein Herz, doch mein Kopf antwortet: „Das war ein dicker fetter Korb, den du da eben kassiert hast."

Kapitel 9

*

Jenna

Es gibt Orte, die ändern sich nie. Egal, ob du sie bei Tageslicht oder in der Nacht ansiehst. Es bleiben die gleichen Erinnerungen, die gleichen Empfindungen. Bis vor ein paar Tagen dachte ich noch, wenn ich das nächste Mal hier, vor dieser Tür stehe, habe ich mein Leben wieder zurück. Kein Marc mehr, der Besitz von meinen Gedanken nimmt. Ein normales Verhältnis zu meiner Schwester. Doch jetzt, Tage später, stehe ich vor dem größten Scherbenhaufen meines Lebens.

„Mit einem frisch aufgebrühten Tee und ein paar Schokoladenkeksen sieht die Welt schon wieder ganz anders aus." Ilse öffnet ihre Wohnungstür, schiebt den Koffer hinein und sieht mich aufmunternd an.

„Nicht jetzt. Ich muss auspacken und mich ein wenig hinlegen. Aber vielleicht komme ich später auf dein Angebot zurück." Meine Hände umfassen das kalte Treppengeländer, stützen sich erschöpft darauf ab.

„Gut, gut. Meine Tür steht dir zu jeder Zeit offen." Ilse tritt ein und schließt geräuschlos die Tür hinter sich.

Schritt für Schritt erklimme ich die Treppe und fühle mich dabei wie ein Bergsteiger, der kurz vor dem Gipfelkreuz steht. Ich bin müde, mit den Nerven am Ende und sehne mich nur noch nach Ruhe und meinen eigenen vier Wänden.

Meine Füße zittern, als ich endlich meine Tür hinter mir schließe. Mit geschlossenen Augen lehne ich den Hinterkopf an das alte Holz und genieße die Ruhe, die mich umgibt, den vertrauten Geruch meines Waschmittels, der wie ein Nebel in der Luft hängt. Dabei ignoriere ich meinen leeren Magen, der nach etwas Essbarem verlangt.

Der Gedanke, auch nur einen Bissen hinunterschlucken zu müssen, treibt mir einen galleartigen Geschmack in den Mund.

Mit meinen Zehen streife ich die Sneakers ab, lasse meine Lederjacke unachtsam auf den Boden fallen und wackle wie ein Zombie auf das Sofa zu. Ich lasse mich einfach drauffallen und angle nach der warmen, weichen Wolldecke. Obwohl es nicht kalt ist, friere ich und auch die Decke, die ich über mir ausbreite, will mir keine Wärme spenden.

Noch immer sehe ich das Bild meiner Mum vor meinen Augen, wie sie meine Hände nimmt und mich angefleht, nicht so abzureisen - ohne mich mit meiner Schwester zu versöhnen. Doch mir blieb keine Wahl. Vanessa hat sich in ihrem Zimmer verschanzt und war für niemanden zu sprechen.

Das Klingeln meines Handys reißt mich aus den Erinnerungen, und obwohl ich absolut keine Lust auf ein Telefongespräch habe, lässt der Anrufer mir keine Wahl. Das Telefon klingelt hartnäckig weiter.

„Ach verdammt.“, fluche ich, schlage die Decke zurück und krabble aus meiner Höhle, die sich langsam erwärmt.

Ich blicke auf das Display - eine unterdrückte Nummer. Ein kleiner Funken Hoffnung schleicht sich ein.

„Ja, hallo?“

„Jenna? Hier ist Marc“, kommt es vom anderen Ende der Leitung.

„Marc?“ Geschockt lasse ich mich aufs Sofa sinken.

„Ja, hey.“

„Heeey“, ziehe ich die drei Buchstaben in die Länge.

„Wie geht es dir?“, will er wissen und ich frage mich, ob ich mir nur einbilde, dass seine Stimme ein paar Oktaven höher als sonst klingt.

„Wie es mir geht?“, hake ich nach. Was denkt der Kerl sich? Er war es, der mich vor meiner Schwester so hinstellt hat, als ob ICH ihr den Verlobten ausgespannt hätte, und jetzt ruft er an und will wissen, wie es mir geht?

Sprachlos starre ich die leere Wand an.

„Es tut mir leid. Ich habe mich wie der größte Arsch aller Zeiten aufgeführt“, kommt es kleinlaut von ihm.

„Allerdings.“

„Kannst du mir verzeihen?“ Ich kann hören wie er auf und ab geht.

„Lass mich mal überlegen. Du hast mich geküsst, obwohl du wusstest, dass Andre und ich ... na egal. Jedenfalls denken alle, dass ich DICH geküsst habe. Dabei war es anders herum. Dann hast du mich auf das Übelste beschimpft, mir Dinge an den Kopf geworfen, die ...“ Je mehr ich darüber nachdenke, was passiert ist, desto mehr steigt die Wut in mir auf.

Marc unterbricht mich: „Ich weiß und es tut mir so unendlich leid. Ich war betrunken und ...“

Mein Schnaufen, das bei diesem Satz durch den Raum geht, ist so geräuschvoll, dass Ilse es vermutlich noch durch die ganzen Wände hören kann.

„Das ist keine Entschuldigung und wenn ich könnte, würde ich es rückgängig machen. Alles.“ Marcs Stimme wird leiser, die letzten Worte flüstert er beinahe.

„Was meinst du mit alles?“, hake ich nach und krieche wieder unter die Decke.

„Alles, was mit deiner Schwester und mir zu tun hat. Ich habe den größten Fehler meines Lebens begangen, als ich dich mit ihr betrogen habe.“

Ich traue meinen Ohren kaum! Ich höre ihm zu und es kommt mir vor wie in einem Traum. Marc bereut die Sache mit Vanessa?

„Jenna, warum sagst du nichts? Ich weiß, dass kommt jetzt überraschend und völlig unpassend. Aber ich muss dich sehen. Ich muss dir alles erklären.“ Seine Stimme hat den alten bestimmenden Klang. Er hört sich so überzeugend an.

„Ich ... Marc ... bitte sprich nicht weiter.“ Meine Kehle ist wie zugeschnürt. Ich muss das Gesagte erst einmal verdauen.

Marc ignoriert meine Bitte und redet einfach weiter: „Jenna, an dem Abend habe ich nur so viel getrunken, weil ich wusste, dass ich Vanessa nicht heiraten kann. Als du nach all den Jahren wieder vor mir standst, wusste ich, was mir zu meinem Glück fehlt. Das warst du und ich muss es dir jetzt sagen. Ich...“

Der Hörer gleitet mir aus der Hand und fällt zu Boden. Ich starre das Handy ungläubig an. Übelkeit breitet sich in meinem Magen aus, frisst sich durch meinen ganzen Körper.

Warme Sonnenstrahlen bahnen sich ihren Weg durch das Schlafzimmer, kommen auf meiner Nasenspitze zum Liegen und hinterlassen ein leichtes Kitzeln. Ein Lächeln huscht auf mein Gesicht und das Gefühl von Frieden schleicht sich ein. Allerdings hält dieses Gefühl nur wenige Sekunden an. Mit einem Seufzer quäle ich mich aus dem Bett und tapse auf nackten Füßen durch mein Schlafzimmer. Mit halb geöffneten Augen steuere ich auf die Küchenzeile zu. Ein starker Kaffee ist genau das, was ich im Moment brauche. Ich lege ein Kaffeepad ein und drücke den Knopf der Maschine. Schnell greife ich nach einer Tasse und stelle sie unter das kleine Rohr, welches die braune Brühe durchsickern lässt.

Gedankenverloren beobachte ich die dampfenden Wolken, die aus der Tasse emporsteigen und greife, nachdem die Maschine ihren Dienst getan hat, nach dem Kaffeebecher.

Vorsichtig nippe ich an der heißen Flüssigkeit. Der Kaffee schmeckt nur halb so gut wie aus einem Vollautomaten, aber leider bleibt mir mit meinem begrenzten Budget nichts anderes übrig. Mein Magen meldet sich schon wieder zu Wort und ein erneuter Versuch, ihn zu ignorieren, gelingt mir dieses Mal nicht. Gerade, als ich meinen Kühlschrank öffne, um nach etwas Essbarem zu suchen, durchdringt das Schellen meiner Haustürklingel die Stille im Raum. Wütend knalle ich die Kühlschranktür zu. Besuch ist das, was ich im Moment am wenigsten ertragen kann, und so ignoriere ich das Klingeln, das sich in diesem Moment wiederholt.

„Ich stelle mich einfach tot. Irgendwann wird der unerwünschte Gast schon aufgeben", denke ich und bewege mich keinen Zentimeter. Obwohl mein Besuch es sowieso nicht sehen, geschweige denn hören kann, denn meine Wohnung zeigt auf Ilses großen Garten und nicht auf die Straße. Noch einmal erklingt das Läuten und dann ist es ruhig. Gerade, als ich beschließe, meine Position als totspielendes Tier aufzugeben, höre ich, wie jemand die Treppe hochkommt. Das darf doch nicht wahr sein! Wie kann Ilse die Haustür ohne mein Einverständnis öffnen? Es sei denn, mein ungebetener Besuch hat auch bei ihr geklingelt. Vor meiner verschlossenen Wohnung halten die Schritte inne und ich starre nervös auf die Tür. Wer um alles in der Welt stört mich so früh am Morgen?

„Bitte, lass es nicht Marc sein“, flüstere ich leise und zupfe mein viel zu großes Schlafshirt zurecht. Der Gedanke, ihm gegenübertreten zu müssen, löst in mir eine Welle von unerklärlichen Empfindungen aus.

*

Andre

Wie betäubt starre ich auf meinen Computerbildschirm. Die Umrisse des gezeichneten Hauses verschwimmen vor meinen Augen. Mit dem Handrücken versuche ich mir den Schlafmangel weg zu reiben und mich auf meine Aufgabe, dieses Haus für einen sehr wichtigen Kunden bis morgen fertig zu gestalten, zu konzentrieren.

Ein kurzes, zögerliches Klopfen an meiner Bürotür holt mich aus dem erneuten Versuch, das Dachgeschoss zu planen, heraus.

„Ja, bitte“, gebe ich mit einem kurzen Blick auf die Tür genervt von mir.

Meine Sekretärin steckt den Kopf herein: „Da ist eine Dame für Sie.“

„Habe ich einen Termin verpasst?“, will ich wissen und fahre mir durch die Haare.

„Nein. Sie sagt, sie sei eine Freundin von Ihnen.“ Meine Sekretärin zuckt mit den Schultern.

„Und ihren Namen hat sie nicht gesagt?“

„Ich habe gar nicht gefragt.“

Ein Stöhnen entweicht mir: „Meinetwegen schicken Sie sie rein.“

Kurz darauf höre ich das gleichmäßige Klackern von Absatzschuhen und meine Bürotür geht erneut auf.

„Hi Andre.“

Vor mir steht Laura. Durchgestylt von Kopf bis Fuß, so, als ob sie vorhätte, mitten am Tag auf eine Party zu gehen. Ihr schwarzer Rock ist verboten kurz und unter ihrer weißen Bluse zeichnet sich der spitzenbesetzte schwarze BH ab.

„Was tust du denn hier?“, kommt es mir recht unfreundlich über die Lippen.

Ohne eine Aufforderung meinerseits, Platz zu nehmen, setzt sie sich auf den Stuhl mir gegenüber.

„Das ist aber eine nette Begrüßung.“ Dabei fährt sie sich mit ihren bunten Fingernägeln über das Kinn.

„Ich kann mich daran erinnern, dass unser letztes Gespräch nicht sonderlich angenehm war“, gebe ich zurück.

„Ach das“, sie winkt ab, „Schnee von gestern. Wir beide passen in der Tat nicht zusammen. Das ist mir auch klar.“

Wow, die Kleine hat also doch ein Gehirn.

„Aber weswegen ich eigentlich hier bin“, bei diesen Worten holt sie aus ihrer Guccitasche einen Stapel Papier und schiebt ihn mir über den Schreibtisch zu, „ist das hier. Mein Steuerberater meint, ich habe zuviel Geld und soll in etwas investieren.“

„Ahh.“

„Ja, das ist eine Eigentumswohnung in München, 160 Quadratmeter Altbau. Ich wollte dich fragen, ob du dir die Wohnung mal ansehen könntest. Hier und da möchte ich ein paar Änderungen vornehmen und da dachte ich an dich, meinen alten Architektenfreund."

Ihr Gesicht sieht ernst aus, keinerlei böse Absichten, und so schenke ich ihr Glauben.

„Ja, warum nicht? Bis wann brauchst du meinen Rat?"

„Am besten sofort." Laura klimpert mit den Wimpern.

„Jetzt?"

„Bitte, Andre. Ich weiß, es kommt recht plötzlich, aber die Wohnung ist ein Traum und dem Makler vertraue ich nicht so recht."

„Gut, meinetwegen." Begeistert bin ich nicht von der Idee, aber auf der anderen Seite komme ich hier raus. Seit Jenna weg ist, habe ich das Gefühl, dass mir die Decke auf den Kopf fällt. Ich kann keinen klaren Gedanken mehr fassen.

„Supi. Willst du mit mir mitfahren?" Laura erhebt sich und ich schüttele den Kopf.

„Ich fahre selbst. Gib mir die Adresse und wir treffen uns dann dort."

*

Jenna

„DUUUU?" Völlig überrascht öffne ich die Tür und wer steht vor mir? Meine Schwester.

„Hey Schwesterchen", ihr Gesicht verzieht sich zu einer Art Lachen, „ich habe Frühstück mitgebracht."

„Frühstück?“ Für einen kurzen Moment überlege ich mir, ob ich noch schlafe und das hier träume. Bis vor ein paar Stunden wollte sie mich noch erdolchen und jetzt steht sie statt mit einem Dolch in der Hand mit einer Tüte köstlich riechender Brötchen vor mir.

„Darf ich reinkommen?“

„Ähm, ja klar.“ Ich trete zur Seite und lasse Vanessa herein.

Neugierig blickt sie sich um: „Hübsch hast du es hier.“

„Danke“, bringe ich heraus. In all den Jahren, in denen ich hier wohne, hat sie mich kein einziges Mal besucht, und jetzt taucht sie hier auf, als ob es das Normalste der Welt wäre. Schweigend stehen wir da. Doch um uns auszusöhnen wäre es vielleicht sinnvoller, uns zu unterhalten.

„Kaffee?“, frage ich daraufhin und gehe voraus in die Küche.

„Bitte.“ Vanessa folgt mir. Dabei bleibt sie hier und da stehen und murmelt irgendetwas über meine Deko. Gut, ich muss zugeben, dass mein Einrichtungsstil doch recht gewöhnungsbedürftig ist. Mir gefällt es, wenn die Dinge nicht so recht zueinanderpassen. Neben der blassgrünen Vase steht zum Beispiel ein leuchtend roter Kerzenständer mit einer, sagen wir mal, lilafarbenen Kerze.

Nachdem ich den Tisch gedeckt habe und unser Kaffee fertig ist, nehmen wir Platz.

Tausend Gedanken schießen mir durch den Kopf und es brennt mir auf der Zunge zu fragen, was sie bewogen hat, doch noch ein Wort mit mir zu wechseln.

Keiner von uns sagt etwas, als wir unsere Frühstücksbrötchen mit Marmelade beschmieren. Nach ein paar Minuten des Kauens halte ich es nicht mehr aus: „Wieso bist du hier?"

„Nun, ich …" Vanessa legt ihre angeknabberte Semmel auf den Teller zurück. „Ich möchte mich in aller Form bei dir entschuldigen. Es tut mir so leid, welche Worte ich dir an den Kopf geworfen habe. Ich war dumm und sowas von blind."

Mit offenem Mund starre ich sie an, dabei fällt mir ein kleiner Bissen aus dem Mund.

„Schau mich nicht so an. Es tut mir wirklich leid. Du bist doch meine Schwester, wir müssen zusammenhalten", erwidert sie und eine kleine Träne glitzert in ihren Augen. Sie scheint es wirklich ernst zu meinen.

„Und was hat dich zu der Erkenntnis gebracht?"

„Nun, Marc hat mich gestern angerufen. Er hat mir gesagt, dass er dich geküsst hat. Außerdem meinte er, dass er noch immer Gefühle für dich hegt." Bei den letzten Worten verzieht Vanessa das Gesicht. So, als ob sie gerade in eine Zitrone gebissen hätte.

„Das hat er dir nicht im Ernst gesagt?", hake ich ungläubig nach.

„Doch, hat er. Dass ich darüber nicht sonderlich erfreut bin, kannst du dir ja denken. Doch auf der anderen Seite habe ich schon länger gespürt, dass irgendetwas in unserer Beziehung nicht mehr passt. Ich dachte, vielleicht brauchen wir nur einen neuen Schritt. Du weißt schon, heiraten, Kinder. Mehr oder weniger habe ich ihn zu der Hochzeit gedrängt."

„Oh." Ich schlucke den restlichen Klumpen in meinem Mund herunter und höre ihr weiter zu.

„Und dann, als ich Tim sah, wusste ich, dass Marc nicht der Mann meines Lebens ist."

„Und Tim schon?" Ich bin völlig überfordert mit der Situation. Gestern der Anruf von Marc, heute steht Vanessa vor meiner Tür. Fehlt nur noch, dass Andre auftaucht.

Ein breites Grinsen huscht über Vanessas Gesicht. Ihre Wangen verfärben sich leicht rötlich. „Das weiß ich noch nicht. Tim und ich… also, das alles ist noch ganz neu."

„Ihr seid doch nicht zusammen?!" Mein Herzschlag beschleunigt sich.

„Keine Ahnung. Seit unserem… na, du weißt schon … haben wir uns SMS geschrieben. Er hat mich eingeladen, ihn hier in München zu besuchen." Vanessa sieht verträumt in die Luft.

„Ähm, und du weißt von seinem Job als … nun …", stottere ich blöd herum.

„Als Begleitmann? Ja, das hat er mir schon an unserem ersten Abend erzählt."

„Und was hat er dir noch erzählt?", will ich wissen. Leichte Panik breitet sich in meinem Magen aus.

„Was meinst du damit?" Vanessa kneift leicht die Augen zusammen. „Jenna, was ist los? Ich kann an deiner Nasenspitze erkennen, dass etwas nicht stimmt."

Verlegen taste ich nach meiner Nase: „Warum an meiner Nase?"

„Lenk jetzt nicht vom Thema ab."

„Na gut. Irgendwann musst du es ja erfahren." Ich hole tief Luft und sage: „Ich habe Tim als Begleitung für deine Hochzeit gebucht. Er sollte meinen Freund spielen, damit ich nicht allein dastehe."

Vanessa sieht mich mit großen Augen an: „Tim? Und was ist mit Andre?“

Beim Klang von Andres Namen zieht sich mein Magen schmerzhaft zusammen: „Das ist eine etwas blöde Geschichte.“

„Kein Problem. Ich habe alle Zeit der Welt, also leg los!“ Vanessa erhebt sich. „Noch mal Kaffee?“

„Oh ja.“

Ich habe Vanessa alles erzählt. Dass ich dachte, Andre sei mein gebuchter Mann, und wie er mir dann aus der Patsche geholfen hat. Mein Angebot an ihn - einfach alles. Nur die Tatsache, dass er mein erster Mann war, habe ich ausgelassen. Als ich mit meiner Beichte fertig bin, grinst Vanessa: „Das hätte ich nun wirklich nicht von dir erwartet! Schwesterchen, Schwesterchen ...“

Beschämt senke ich den Kopf.

„Hast du Andre noch einmal wiedergesehen?“, will Vanessa wissen und spielt mit dem Teelöffel in ihrer Hand.

„Ja, er war in der Nacht, bevor ich abgereist bin, noch einmal da. Er hat mir angeboten, bei ihm zu wohnen und …“

„Er hat waaaaas?“, kreischt Vanessa und lässt den Teelöffel auf den Tisch fallen.

„Ja, was überrascht dich denn so?“

„Ist dir klar“, Vanessa springt so schnell auf, dass der Stuhl, auf dem sie eben noch saß, nach hinten kippt, „dass Andre nie mit einer Frau zu sich nach Haus geht? Nieeeeee!“ Sie zieht das letzte Wort in die Länge.

„Das wusste ich nicht. Was willst du mir damit sagen?“ Ich verstehe nur noch Bahnhof.

„Andre ist verknallt in dich! Und zwar so richtig." Vor Begeisterung klatscht Vanessa in die Hände.

„Ganz bestimmt", gebe ich sarkastisch von mir.

„Natürlich! Jetzt tu doch nicht so, als ob das so außergewöhnlich wäre."

„Vanessa, darf ich dich an etwas erinnern? Du warst es, die gesagt hat, dass du es nicht glauben kannst, dass ich Andre gezähmt habe."

Meine Schwester zieht beleidigt die Unterlippe nach vorn: „Das war ein Spaß."

„Jetzt mal im Ernst. Andre und ich sind Freunde, mehr nicht. Er wollte mir nur einen Gefallen erweisen."

„Natürlich! Und ich bin der Mann im Mond", Vanessa verdreht die Augen, „aber wenn du so denkst, dann sage ich nichts mehr zu dem Thema."

„Gut", nicke ich.

„Gut", wiederholt sie.

Schweigend steht sie da, mit dem Rücken zu mir.

„Wie lang bleibst du denn?", lenke ich vom Thema ab.

„Nun, also, ich wollte dich fragen, ob ich vielleicht ein paar Tage hier bei dir bleiben kann. Zuhause sieht mich das ganze Dorf schon an."

„Klar, wenn du auf dem Sofa schlafen kannst", antworte ich und freue mich insgeheim ein wenig, dass sie jetzt weiß, wie ich mich all die Jahre gefühlt habe.

Kapitel 10

*

Jenna

Satt und zufrieden räume ich meine Küche nach dem Frühstück auf. Vanessa hat sich mit den Worten „Ich schau mal, wo Tim so arbeitet“ verabschiedet.

Gerade, als ich ins Badezimmer gehen will, klingelt mein Handy.

„Was ist denn auf einmal los? Das ganze Jahr meldet sich kaum jemand bei mir und dann sowas“, fluche ich leise und gehe ans Telefon.

Es ist eine Kundin, die einen Notfall in ihrer Firma hat und wissen will, ab wann ich ihren Rottweiler wieder ausführe.

„Ich könnte in 30 Minuten bei Ihnen sein“, antworte ich der gestressten Geschäftsfrau.

„Sie sind ein Engel! Tausend Dank.“ Ohne ein weiteres Wort legt sie auf und ich haste ins Badezimmer, um noch schnell unter die Dusche zu hüpfen.

Vierzig Minuten später führe ich die alte Rottweilerdame Lulu aus. Was für ein Name für so einen großen, kräftigen Hund! Fehlen nur noch die Rüschen an ihrem Glitzerhalsband.

„Arme Lulu.“ Liebevoll tätschele ich ihren breiten Kopf und steuere auf den großen Park zu. Während wir an grünen Wiesen und Blumenbeeten vorbeigehen, beobachte ich die Menschen im Park, die Eis essen, telefonieren oder mit ihren Kinderwagen vorbeispazieren. Und wieder einmal kann ich nur sagen, ich liebe meinen Job. Auch wenn es mich hin und wieder reizt, als Immobilienmaklern tätig zu werden, würde ich meine vierbeinigen Freunde doch sehr vermissen. Perfekt wäre, wenn ich halbtags Hunde ausführen und die andere Hälfte des Tages Immobilen an die Kunden bringen könnte. Der Gedanke gefällt mir und ich beschließe, gleich morgen Bewerbungen loszuschicken.

Nachdem ich Lulu eine gute Stunde ausgeführt habe, gehe ich noch schnell ein paar Lebensmittel besorgen. Sollte meine Schwester tatsächlich für ein paar Tage hierbleiben, sollte im Kühlschrank keine gähnende Leere herrschen.

Der Supermarkt, in dem ich meine Vorräte kaufe, befindet sich nur ein paar Straßen weiter und so schlendere ich mit meinem Einkaufswagen durch die Gänge und rufe mir in Erinnerung, was Vanessa früher gerne gegessen hat. Völlig in Gedanken versunken merke ich gar nicht, wie sich jemand neben mich vor das Kühlregal stellt.

„Hallo Jenna." Beim Klang der mir so vertrauten Stimme fällt mir prompt die Milchpackung aus der Hand.

„Marc!" Ich starre erst ihn, dann die Milchpackung an, die natürlich aufgeplatzt ist und sich auf dem hellen Boden verteilt hat. „Was machst du hier?"

Marc trägt einen blauen Anzug und eine hellblaue Krawatte. Seine Schuhe, die ich betrachte, während ich mich niederknie, um die Sauerei aufzuputzen, sind blitzblank poliert.

„Nun, ich hatte geschäftlich hier zu tun", sagt er und reicht mir die Hand, um mir aufzuhelfen.

„Ich muss das noch saubermachen", beeile ich mich zu sagen und ignoriere seine ausgestreckte Hand.

„Lass das. Ich bezahle dir die Milch und jemand vom Personal soll das wegwischen.“ Er winkt dabei einen Angestellten zu sich und sagt: „Meine Freundin hat aus Versehen die Milch fallen lassen. Ich komme natürlich für die Kosten auf, aber vielleicht sollten Sie es aufputzen, nicht, dass noch jemand stürzt.“

Der Angestellte, ein Kaugummi kauender, pickliger Teenager, nickt und verschwindet. Langsam erhebe ich mich. Marc steht so dicht vor mir, dass ich nur die Hand ausstrecken brauche, um ihn zu berühren.

„Jenna, um ehrlich zu sein, ich wollte auch zu dir“, sagt er und sucht dabei meinen Blick, der noch immer auf der Milchpfütze ruht.

„Vanessa ist da“, platzt es aus mir heraus.

„Oh, okay. Wollen wir dann irgendwo etwas Essen gehen?“, Marc greift nach meinem Arm, der leblos an mir herunterhängt.

Ich lasse zu, dass seine Hand die meine hält.

„Ich weiß nicht so recht“, antworte ich ihm zögernd.

„Bitte, Jenna. Es gibt ein paar Dinge, die wir besprechen sollten.“ Marc streicht über meinen Daumen. Die Berührung ist so vertraut und doch fühlt sie sich fremd an.

„Na gut“, willige ich ein, „aber zuerst muss ich das hier in den Kühlschrank bringen.“

„Gut. Dann hole ich dich um 19 Uhr ab?“ Über Marcs Gesicht huscht ein Lächeln.

„In Ordnung, aber wir treffen uns hier vor dem Supermarkt.“

„Wie du möchtest.“

„Okay.“

„Gut, Jenna, bis heute Abend. Ich freue mich.“ Mit diesen Worten lässt er meine Hand los und stolziert mit straffem Rücken aus meinem Sichtfeld.

*

Andre

Den halben Tag verbringe ich nun schon in Lauras Fast-Wohnung. Ein wunderschönes Altbauappartement mit hohen Wänden, einem gut erhaltenen Parkettboden und kleinen Fresken an den Wänden. Ein paar kleine Dinge sind zu bemängeln, aber nichts, was nicht mit der Arbeit einer Handwerkerfirma zu beheben wäre.

„Oh Andre, ich danke dir so! Du hast mir echt einen riesigen Gefallen getan.“ Laura, die vor Begeisterung über den zu unterzeichnenden Vertrag beinahe Luftsprünge macht, fällt mir um den Hals. Sanft aber bestimmend schiebe ich sie von mir weg. Ich möchte ihr keine falschen Hoffnungen machen, auch wenn sie mir klar gesagt hat, dass sie kapiert hat, dass wir nur Freunde sind. Bei Frauen weiß man schließlich nie so genau. Laura hat es wohl gar nicht gemerkt, denn in ihrer nicht enden wollenden Freude sagt sie: „Ich lade dich zum Essen ein, als Dankeschön für deine Mühe.“

„Das ist doch nicht nötig.“

„Keine Widerrede.“ Laura lässt kein Nein zu und so nicke ich. Auch wenn mir bei dem Gedanken nicht ganz wohl ist. Allerdings sollte ich vor meiner Heimfahrt wirklich noch etwas essen.

So kommt es, dass wir schließlich beim besten Italiener der Stadt landen. Das Lokal ist gut besucht und bis auf ein paar wenige Tische ist alles besetzt. Nachdem ein Kellner unsere Bestellung aufgenommen hat, beginnt Laura, mir von ihren neuen Aufträgen zu erzählen. Ich höre nur mit halbem Ohr zu, denn meine Gedanken kreisen immer wieder um Jenna. Ich frage mich, was sie wohl gerade macht, wie es ihr geht. Vielleicht sollte ich sie anrufen?

„Bist du verrückt? Um erneut einen Korb zu kassieren?“, tadelt mich meine innere Stimme.

Meine Gönnerin erzählt und erzählt und ich muss mich zusammenreißen, um nicht zu gähnen.

Doch dann hält sie mitten in ihrem Schwall an unnützen Themen inne und sieht zur Eingangstür: „Upps. Das ist jetzt peinlich.“

Zuerst denke ich, sie meint mich, weil ich angefangen habe, die Serviette vor mir zu zerkleinern. Doch da ihr Blick noch immer an der Tür hängt, drehe ich mich schließlich ebenfalls um, um das Spektakel, das ihre volle Aufmerksamkeit beansprucht, zu begutachten. Und dann sehe ich sie. Jenna, gemeinsam mit Marc, der einen Arm um ihre nackte Schulter gelegt hat. Marc spricht mit dem Kellner, der nun vorausgeht und ihnen ein Tisch zuweist. Dabei führt sie dieser Bastard namens Marc galant durch den Raum. Ich sehe, wie er Jenna, die eine schwarze Hüftjeans trägt, auf den Hintern starrt, und am liebsten würde ich ihm seinen gierigen Blick aus dem Gesicht prügeln. Meine Hände krallen sich an die Tischplatte und ich spüre, wie ich von Sekunde zu Sekunde wütender werde. Langsam drehe ich mich zu Laura um und sehe in ihrem zufriedenen Gesichtsausdruck, dass ihr Plan aufgegangen ist.

„Ihr habt das alles geplant! Versuch es erst gar nicht zu leugnen“, presse ich zwischen zusammengebissenen Zähnen hervor.

„Ach, Andre“, ihre Finger legen sich auf meinen Unterarm, „ich muss dir doch die Augen öffnen. Ich liebe dich und das, was zwischen dir und Jenna war, war reiner Zeitvertreib. Versteh doch endlich, Jenna liebt Marc noch immer.“

„Na, das werden wir noch sehen“, knurre ich leise und erhebe mich.

Erschrocken sieht Laura mich an. Hat sie allen Ernstes geglaubt, ich würde wieder was mit ihr anfangen?

„Wo willst du hin? Du wirst mich nicht allen Ernstes hier alleine sitzen lassen?!“

„Oh doch. Such dir einen andern Trottel“, zische ich ihr zu und ich spüre ihren Blick auf meinem Rücken, als ich durch den Raum auf den Tisch von Marc und Jenna zustapfe.

*

Jenna

Seit Marc mich vor dem Supermarkt abgeholt hat, fühle ich mich von Minute zu Minute unwohler. Warum genau, kann ich nicht sagen. Vielleicht liegt es an den Blicken, die er mir zuwirft. Oder an seinen Berührungen, die mir irgendwie unangenehm sind. Obwohl ich mir keine große Mühe bei meinem Outfit gegeben habe, betont er nun schon zum dritten Mal, wie wunderschön ich aussehe. Dabei trage ich herkömmliche Jeans, ein türkisfarbene Bluse und weiße Stoffschuhe - also wirklich nichts Besonderes.

„Es ist so schön, mit dir hier zu sitzen“, tönt er und hebt sein Weinglas, „auf einen wunderschönen Abend mit der schönsten Frau im ganzen Raum.“

Ich kann nichts darauf sagen, hebe nur mein Weinglas und proste ihm zu. Seine Komplimente sind völlig überzogen und wenn nochmal so ein Spruch kommt, muss ich mich wohl übergeben. Im Ernst, ich stehe nicht auf solches Gerede! Gerade, als ich mein Glas wieder abstelle, sehe ich im Augenwinkel eine mir vertraute Person, die mit schnellen, zielstrebigen Schritten auf uns zukommt. Andre! Ich kann meinen Blick nicht von der großen, sportlichen Gestalt lösen, die es schafft, meinen Puls in kurzer Zeit nach oben schnellen zu lassen. Mit offenem Mund starre ich ihn an und muss zu meiner Schande gestehen, dass ich ihn mir nackt vorstelle.

„Was will der denn hier?“ Unsanft werde ich von Marc bei meinen nicht ganz jugendfreien Gedanken gestört.

„Guten Abend. Darf ich mich zu euch setzen?“ Andre steht vor unserem Tisch, mit einem Blick, den ich nicht zuordnen kann. Wut, Verärgerung, Entschlossenheit? Keine Ahnung.

„Nein!“ Marc funkelt ihn böse an.

Andre ignoriert Marcs Kommentar und nimmt neben mir Platz. Das Herz in meiner Brust scheint fast zu explodieren, als ich sein Aftershave rieche. Auf seinem Kinn liegt ein leichter Bartschatten und unter seinen Augen, die von Schlafmangel gezeichnet sind, erkenne ich tiefe Ringe.

„Hey Jenna.“ Nun wendet Andre sich mir zu und sein Mund ist nicht, wie üblich, zu einem Grinsen verzogen. Er spricht mich nicht einmal mit meinem Kosenamen an, an den ich mich mittlerweile gewöhnt habe.

„Hey“, kommt es krächzend von mir.

„Was machst du mit diesem Loser hier?“ Andre sieht mich durchdringend an und bevor ich antworten kann, fährt Marc ihn an: „Was soll das? Siehst du nicht, dass wir ein Date haben?“

„Wir haben kein…“, beeile ich mich, die peinliche Situation klarzustellen, doch Andre unterbricht mich: „Ihr habt kein Date.“

„Natürlich haben wir ein Date und ob es dir passt oder nicht, ich liebe Jenna noch immer und…“, Marc knallt die Faust auf den Tisch.

Andre lacht bitter auf: „Sicher.“

Okay, das war nun wirklich nicht nett von Andre und so gehe ich zwischen die zwei Streithähne: „Was ist denn so lustig daran, dass mich jemand lieben kann? Hältst du das für so ausgeschlossen?“

Andre liefert sich mit Marc noch immer ein Blickduell.

„Vielen Dank aber auch.“ Langsam werde ich wütend. „Und was machst du überhaupt hier? Hast du dich mal wieder mit einer deiner Schlampen getroffen?“

„Ha ha ha. Frag doch lieber deinen Ex-Fast-Schwager, was ich hier mache. Schließlich haben er und seine Schwester das alles…“, Andre umschreibt mit seinem Zeigefinger einen Kreis, „eingefädelt. Ich sollte dich mit Marc hier sehen.“

„Das ist nicht wahr.“

Andres Worte treffen mich und ich sehe zu Marc, um mich zu vergewissern, dass er mir nicht mitten ins Gesicht gelogen hat. Doch dieser hat nur Augen für Andre.

„Marc?“

Auffordernd starre ich ihn an und als von ihm noch immer keine Reaktion kommt, weiß ich, was Sache ist.

Langsam breitet sich ein Kloß in meinem Hals aus, der jede Sekunde größer wird. Ich spüre, wie sich Tränen in meinen Augen sammeln. Blindlings schnappe ich meine Tasche und stürme durch den Raum. Dabei ist es mir egal, dass mir neugierige Blicke folgen. Schwungvoll stoße ich die Tür auf, trete in den Nachthimmel und lasse meinen Tränen freien Lauf. Ich bin wütend, wütend auf mich selbst! Wütend, dass ich mich wieder einmal von Marc habe benutzen lassen, dass er es wieder einmal geschafft hat, mich zum Narren zu halten. Bestimmt denkt er, dass ich ihn noch immer liebe und das kleine naive Mädchen von früher bin.

„Ich hasse dich“, flüstere ich in die Nacht und umarme mich selbst.

„Mich? Oder diesen Idioten?“ Andres Stimme ist keine zehn Meter von mir entfernt. Ohne mich umzudrehen und ihm meine Tränen zu zeigen, antworte ich: „Marc, dieses verlogene Arschgesicht. Sollte er mir noch einmal unter die Augen kommen, ich schwöre dir, ich reiße ihm eigenhändig seinen kleinen … ach, keine Ahnung.“

Andre bleibt dicht neben mir stehen. Unsere Schultern berühren sich beinahe.

„Willst du ein wenig spazieren gehen?“

„Hmm, ja, warum nicht?“, nicke ich und langsam setzen wir uns in Bewegung. Die Straße ist fast menschenleer und nur ein paar Autos fahren an uns vorbei.

Andre sagt nichts, geht einfach schweigend neben mir her, und ich wage einen kurzen Blick zu ihm hoch. Seine Lederjacke hängt achtlos über seiner Schulter und das schwache Licht der Straßenlampen lässt sein Haar sanft schimmern.

Sein Anblick alleine genügt, um mich frösteln zu lassen.

„Dir ist ja kalt. Komm her.“ Ich will schon protestieren, da legt er mir seine Jacke über die Schultern und ich sauge seinen Duft in mich auf. Ich kuschele mich noch tiefer in die Jacke und spüre, wie sich dabei kleine Glückshormone verbreiten.

„Bist du enttäuscht?“

„Wegen Marc?“, will ich wissen.

„Ja. Hast du dir Hoffnungen gemacht? Ich meine ...“ Andre sucht nach Worten. „Liebst du ihn noch?“

Eine gute Frage. Liebe ich Marc noch? Wenn ich die Gefühle, die ich beim Anblick von Marc empfinde, mit denen, die mich bei Andre überkommen, vergleiche, dann ist die Antwort klar: NEIN!!!

Seit ich Andre kenne, hat er sich von Tag zu Tag mehr in mein Herz geschlichen, bis er es schließlich ganz erobert hat - ob er es wollte oder nicht.

„Nein“, gebe ich nach kurzem Überlegen zu.

„Nein?“ Überrascht bleibt Andre stehen.

„Nein“, wiederhole ich und gehe dabei einfach weiter.

„Hmm, okay.“ Andre holt auf, bis er wieder neben mir geht. Nach kurzer Pause will er wissen: „Und bist du sonst in jemanden verliebt?“

„Ja.“

„Weiß er es?“ Bilde ich es mir nur ein oder höre ich ein leichtes Flattern in Andres Stimme?

„Ich denke nicht.“

„Und warum willst du es ihm nicht sagen?“

„Ich hätte eh keine Chance.“ Der Gedanke schmerzt.

„Wer sagt das?“

„Ich. Was ist mit dir?“, ich blicke hoch zum Sternenhimmel, „warst du jemals verliebt?“

Andre bleibt stehen und ich halte ebenfalls an. Ihn so dicht neben mir zu wissen, raubt mir fast den Verstand.

„Nun, ich … Normalerweise gehöre ich nicht zu der Sorte von Männern, die sich verlieben“, gibt er ehrlich zu und ich spüre, wie der kleine Funken Hoffnung erstickt. Wäre ja auch zu schön gewesen, wenn Ilse und Vanessa mit ihrer Vermutung recht behalten hätten. Ich möchte darauf antworten, weiß aber nicht, was ich sagen soll und so halte ich einfach meinen Mund. Und dann spüre ich es, spüre etwas Warmes an meinem Arm - eine Hand, die meine ergreift.

„Ich war verliebt. Ach, was sage ich. Ich bin es noch immer.“ Andre flüstert und zieht mich mit einem Ruck zu sich. So, dass ich dicht vor ihm zum Stehen komme. Er sieht auf mich herab und seine Augen bohren sich in meine. „Ich habe mich in dich verliebt.“

„In mich?“ Ungläubig starre ich ihn an. Ich träume, das muss ein Traum sein! In keiner normalen Welt würde sich ein Mann wie Andre, bei dem die Frauen Schlange stehen, in mich, die kleine naive Jenna, verlieben.

„Ja, und ich hoffe, du gibst mir keinen Korb. Das alles ist für mich noch ziemlich neu und du weißt ja, dass ich in solchen Dingen keine große Erfahrung habe“ Sein Daumen streicht über meine Wange, hinunter zu meinem Kinn, hebt es leicht an.

„Erfahrung?“

„Ja mit Blumenschenken, Liebeserklärungen machen und so“, er macht eine wegwerfende Handbewegung.

„Ich brauch keine Blumen. Das Einzige, was ich will, bist du.“

„Na dann sind wir ja schon zu zweit.“

Auch wenn es nur ein Traum ist, ich will ihn genießen. Und so tue ich, was wohl jedes Mädchen, jede Frau, in dieser Situation tun würde: Sie küsst ihren Traumprinzen.

Es ist ein nicht enden wollender Kuss und spätestens jetzt weiß ich, dass ich nicht träume, dass es echt ist. Verdammt echt.

Epilog

Noch immer kann ich es nicht fassen! Das Papier in meiner Hand fühlt sich federleicht an und doch hängt so unglaublich viel Liebe und Gefühl in diesen paar Zeilen, dass ich es kaum beschreiben kann.

Ich habe es tatsächlich geschafft. Ich habe Andre, einen waschechten Playboy, gezähmt. Noch viel unglaublicher ist das, was ich in meiner Hand halte. Es ist nichts Geringeres als unsere Einladungskarte - unsere Hochzeitseinladungskarte. Andre hat mir nach einem guten Jahr leidenschaftlicher, glücklicher Beziehung einen Antrag gemacht, den ich natürlich überglücklich angenommen habe. Meine Beziehung zu Vanessa hat sich grundlegend geändert. Jetzt ist sie nicht nur meine Schwester und Trauzeugin, sondern auch meine beste Freundin geworden. Etwas Gutes hatte Marcs Fehltritt also doch.

ENDE

31352334R00108

Printed in Poland
by Amazon Fulfillment
Poland Sp. z o.o., Wrocław